新潮文庫

マッチング！

加藤千恵著

新潮社版

11758

CONTENTS

Matching!

マッチング!

プロローグ

【喃語《なんご》は一般的には生後四、五か月頃から発するものです。
当然個人差があり、もっと早い場合も遅い場合もあります。喃語が出てきた際には、同じように繰り返してみたり、うん、そうだね、といった相づちを打つことが大切です。
こうしたことから、赤ちゃんはやりとりや言葉でのコミュニケーションの第一歩を踏み出していきます。】

なんご、と頭の中で繰り返し、一旦本を置く。ページをめくるたびに、いくつもの知らない言葉に行き当たる。

忘れてしまうものもあるが、それでも少しずつ、自分の中に、赤ちゃんや子どもに関する情報が積み重なっていく。今までは知らずにいた世界。そういえば凌大《りょうた》もこんなしぐさをしていたな、と思って、微笑《ほほえ》ましく感じたりもする。

本の裏表紙にも、表紙同様に、可愛らしい赤ちゃんのイラストが描かれている。

座ったままで首を回すと、小さく音が鳴った。自分でも気づかぬうちに、ずいぶん長い時間、同じ姿勢で本を読みつづけていた。よくない。足を伸ばした。テーブルの上のマグカップに入ったルイボスティーを口に含む。もう温かいとは言いがたい。

四月まで、あと五ヶ月を切った。

先週、三十一歳の誕生日を迎えた。三十一歳の自分が、こんなふうに、子どもに関する本ばかりを読んでいることになるなんて、去年のわたしも、半年前のわたしも、想像していなかった。

最近のわたしは、子どものことばかり考えている。仕事の行き帰りにも、休み時間にも、立ち寄ったスーパーでも。心配事は尽きないが、だいたいは希望のほうが上回っている。

買った本は一冊だけではない。テレビ台の上、あいていたスペースに、ブックエンドを置いて簡易的な本棚にしたが、これからも増えそうなので、別途、本棚を買おうか悩んでいる。ただ、他にもいろいろと必要になってくるものや買うべきものが出てくるのを考えると、すぐに決められずにいるのだが。

四月になったらゴールというわけじゃない。むしろスタートライン。いや、スタートラインに立つ準備、くらいかもしれない。

それでも、まだ知らないことだらけの本を読み、楽しめていることが嬉しかった。今まで触れてきたものとは異なっている。こんなふうに集中できるのも、未来について前向きに考えられるのも、ずいぶん久しぶりだ。

まぎれもなく「meets」での出会いのおかげだった。まさかマッチングアプリが、こんなふうに自分の生活をがらりと変えるなんて。

彼との出会いだけでなく、他の出会いも、苦しかった気持ちも、今は前向きに捉えられるような気がした。もちろん全部が貴重な経験だったと思えるほど、ポジティヴにはなれていないし、思い出すと生まれる恥ずかしさも腹立たしさもいくつも残っているが、それでも。

成実《なるみ》には、このあいだ会ったときに報告した。とても驚いていたが、心から喜んでくれているのも伝わってきた。なにか力になれることがあったら言ってね、という言葉もありがたかった。

考えてみれば、あのとき「meets」のダウンロードを強く勧めてくれたのは成実だった。あれがなければ、自分一人では始めることなんてなかったと断言できる。こんなふうに本を読んでいるわたしは存在しなかった。

まだ先は長いから。

初めて会った日、彼はわたしにそう言った。あの出会いが、こんなふうに人生を変えるだなんて、彼はもちろん、わたしもまったく思っていなかったとき。

続きを読むために、また目の前の本に手を伸ばす。

1. マッチングアプリ?

「わんわ」

「そうだねー、ワンワンだねー」

わたしは凌大の頭を撫《な》でる。柔らかくてサラサラの髪の毛。光を反射しているせいか、やけに茶色く見える。

凌大は撫でられたことなんてまるで気にせずに、今度は開いたページの中のゾウを指さして、ぞうっ、と勢いよく言う。

「すごいねー、ゾウもわかるんだねー。天才」

また頭を撫でる。

「それくらいで天才だったら、半分以上の子が天才になるよ」

ソファに座っているので、フローリングに座るわたしたちを少しだけ見下ろすような視線になっている成実が言う。わたしが、そんなことないよ、と否定するより少しだけ早く、わたしの膝の間に座っていた凌大が立ち上がり、ママ、と言って成実に近づいていく。かすかなぬくもりと、開きっぱなしの動物のイラストブックが、わたしのもとに取り残される。

「凌大、もう見ないの？　まだ他の動物もいっぱいあるよ」

イラストブックのページをめくりながら、そう話しかけてみるも、成実の膝に小さな手を当てて、ママ、ブーブー、と繰り返す凌大の耳には届いていないようだった。

「ミニカー出すの？　ちょっと待ってね」

「まってね」

外国語のように、大人の発した言葉をつたなく繰り返す様子が可愛らしい。わたしはイラストブックを絵本棚代わりの白いカラーボックスにしまい、凌大に近づくと、また頭を撫でた。本当は後ろから抱きしめたかったが、凌大が動いたので、うまくできなかったのだ。凌大はやはり撫でられたことには無関心で、成実が布製のボックスから取り出した赤いミニカーを指さし、ブーブー、ブーブー、と嬉しそうに繰り返す。

「出したよ。『ありがとう』は？」

「あがと」

「可愛いー、やっぱり天才じゃない？」

「天才じゃないって。はい、遊んでいいよ」

前半はわたしに、後半は凌大へ向けた言葉だったが、トーンはまるで変わらなかった。

いつものこととはいえ、成実のそうした態度に、自分との違いを感じる。意識してのものではないのだが、凌大に対してはつい、普段よりも高い声で、ゆっくりと話してしまう。いわゆる赤ちゃん言葉というものも、自然に使ってしまっていたが、成実は凌大が生後間もない頃から、あまり大人に対してと変わらない感じで話しかけていた。

もっとも、成実との違いを感じるのは、しょっちゅうだ。わたしたちは同じ親から生まれたのを疑ってしまうほど、ちっとも似ていない。顔、学力、運動神経、食べ物の好み、身長、物の考え方。違いが多すぎて、むしろ似ている部分を探すほうが大変かもしれない。

「ブーブー、ブーブー」

凌大は、受け取った赤いミニカーを、フローリングの上で動かしている。ミニカーを床で後ろに転がしてから手を離すと、走り出す仕組みになっているようだが、どうやらまだうまく扱えないらしく、転がして持ち上げ、回るだけのタイヤを見たり、うっかり手を離したすきに、少しだけ走る様子を不思議そうに見たりしている。やってあげようかとも思ったが、自分一人でもそれなりに楽しんでいるみたいだ。横顔を見て、まつ毛が長いな、と改めて思う。

丸くなっている背中のフォルムが愛《いと》しい。今度こそ後ろから抱きしめたかったが、一人で遊んでいる姿も可愛いし、ここに来てから何度も抱きしめては逃げられている。またさっきのように、わたしの膝の間に座ってくれるような時間が来るのをこっそりと願う。

なぜこんなにも可愛く感じるのだろう、と自分でも不思議に思う。つながりがあるからなのだろうか。この子がもし、成実の子ではなく、まるで知らない子だったなら、こんな気持ちは湧きあがらないのだろうか、と。

事実、凌大が生まれるまで、わたしは子どもという存在に無関心だった。嫌いというほどではなかったが、積極的に関わりたいとも思っていなかった。

わたしは成実に言う。

「車好きなんだね」

「そうみたい。よく、救急車とか消防車とか、本やテレビで見るたびに反応してる」

「しょぼしゃ」

わたしたちの会話の中から単語を拾い、繰り返す様子が、やはり可愛らしくて、思わず笑う。成実も少し笑ったけれど、それは一瞬で、消防車、と正しく言い直す。

「男の子だからなのかな」

「うん、ちょっと不思議だよね。そんなに積極的に車のものを買ってるわけでもないし、わたしも浩平《こうへい》も、車には全然興味ないし」

浩平というのは、成実の夫だ。二人は高校時代の同級生で、ともに今年二十九歳になる。彼らより二歳上のわたしは、浩平くんと呼んでいるが、わたしがここにお邪魔するのは、彼が休日出勤していたり、用事で出かけていたりするタイミングなので、会った回数はさほど多くない。

「そうなんだ」

「あ、車のおもちゃとか買わなくていいからね。収納もいっぱいになってきてるし、狭いんだから」

凌大の二歳の誕生日は、来月、六月頭だ。車が好きならそれ系のプレゼントもありかも、喜んでくれるだろうか、とまさに考えていたわたしの思考を声色で見透かすかのように、成実は言う。

少し前までは、ここに来るたびに、スタイ、振ると音のなる木のおもちゃ、靴下、ぬいぐるみ、といった手みやげを持参していた。さほどかさばらないものを選んでいたつもりだったが、それでも成実に、ありがたいけどわざわざ買わなくていいよ、手みやげなら果物を持ってきて、と具体的に指定されてしまい、今日はさくらんぼを買ってきたのだった。

「でしゃ、みたい、ママ、でしゃ、ママ、ママ」

また立ち上がって成実に近づいていった凌大は、さっきよりも少しぐずっている。

「電車見るの？　ちょっと待ってね」

「まってね」

わたしは凌大の頭を撫でる。少しだけあたたかくなっている気がした。成実がリモコンを操作し、テレビに電車をモチーフにしたアニメが映る。凌大は、でしゃ！　と嬉しそうに言い、成実にくっついて座ろうとする。

「はい、抱っこ」

成実が座ったままで凌大を抱え、自分の膝の間に座らせる。

成実から結婚すると言われたときも、意外さに驚いたが、妊娠の報告には、さらに驚いた。赤ちゃんに接する姿がまったく想像できなかったから。けれど、凌大に対して落ち着いて話し、ハプニングにも冷静に対処している姿を見ると、むしろ育児に向いているんじゃないかとすら思う。

「がたごとん、がたごとん」

テレビの中の電車を見ながら、凌大が歌うように言う。

「眠くなってきてるね、あったかい」

成実が凌大の頭に触れて言う。さっきあたたかくなっている気がしたのは、眠気のせいだったのか、と思う。眠くなるとあたたかくなるなんていう、身体のメカニズムすらも可愛く感じてしまう。

「わたしも子ども欲しいなあ」

思ったことを、そのままつぶやいた。

成実が勢いよくこちらを向き、わたしをじっと見つめる。

「なに？」

「お姉ちゃん、それ、うちに来るたびに言ってるけど、本気で思ってる？」

詰問とまではいかないが、真剣な口調だ。わたしは答える。

「うん、思ってるけど」

声が小さくなってしまう。言い訳しているみたいだ。

なんて可愛いのだろう、うちに凌大がいればいいのに、と、ここに来るたびに思う。

自分の子どもがいたら、さらに可愛く感じるのだろうか、とも。それは本心だ。欲しい、と言って間違いじゃないはずだ。

「じゃあ、そのために何か行動してる？」

「行動？」

わたしは訊き返す。凌大がまた、がたごとん、と言う。

「結婚するための行動ってこと。本当は結婚しなくても子どもは作れるし、産めるけど、今の日本の社会においては、結婚するのが一般的だから。今って彼氏いないんでしょう？」

「ああ、まあ、飲み会とかあれば行くけど、最近はあんまりかな」

用意していたかのような淀みない言葉を向けられ、わたしは戸惑ってしまう。そんな質問を向けられるとは思っていなかった。てっきり、数時間子守《こも》りをしていてほしいとかいう展開になるのかと予想していた。

「前に付き合ってた人のこと、まだ忘れられないの？　陽一《よういち》さん、だっけ。すれ違いって話してたけど、嫌いになったわけではないんでしょう？」

「まさか」

問いを強く否定した。別れてから、もう二年以上が経つ。別れた少し後に、成実に会う機会があり、ショックもあってうっかり話してしまったのだが、まさか名前まで記憶しているとは思わなかった。話題にのぼったりもしていなかったのに。

「でも、ずっと恋人がいないなんて、珍しいよね。お姉ちゃん、高校のときもだいたい恋人いたじゃん」

「なんで知ってるの？」

驚きの声をあげると、凌大がこっちを振り向いた。ごめんごめん、と言う。

「だって、家の前まで送ってもらったの見たことなんかもあったし、深夜にしょっちゅう電話してたし。あ、話の内容までは聞こえてないけどね。でも、付き合ってる相手なんだろうなー、っていうのはわかってた」

実家の成実とわたしの部屋は、隣り合っていた。聞こえていてもなんら不思議ではない。その事実に、十五年近くが経った今、気づくなんて思っていなかったけれど。

「そうなんだ。なんか、ごめん」

「いいよ、別に。昔はうるさいなあとか思ってたときもあったけど」

成実はそう笑ってから、さらに言う。

「アプリ登録してみたら？」

「アプリ？」

またも意外な言葉を向けられ、単語を繰り返してしまう。これじゃあ凌大と同じだ。

「マッチングアプリ」

聞いたことはあった。他の誰かと知り合うことを目的としたアプリなのだろうというのも知っている。

「えー、わたし、そういうのはちょっと」

「なんで？」

「顔見えない相手とやりとりするって怖くない？　それに個人情報とか」

「どんな相手も、最初は知らない人なんだから、単に出会い方の問題ってだけの気がするけど。それに最近、浩平の同僚が二人、たてつづけに結婚したんだけど、二人とも偶然、相手はマッチングアプリで知り合った人なんだって。明らかに個人情報の取り扱いに問題あるようだったら、浩平の同僚も利用しないと思うよ」

浩平くんは、そうした方面に無知なわたしでも名前を知っているくらい大きな通信会社で、ＳＥとして勤務している。確かにそこに勤務する人たちは、わたしよりもよっぽど個人情報の取り扱いについて精通しているはずだ。

「でも、誰が登録してるかわからないっていうのはあるじゃない？　たとえば結婚詐欺師が登録してる可能性だって」

「もちろんありえるけど、あまり効率的とは思えないし、詐欺師もそんなところを狙わない気がするけどな。事前に本人確認が必要なところがほとんどだよ。それに、飲み会で知り合うのだって同じようなリスクはあるんじゃない？」

何か言い返そうかと思ったが、言い返すだけの知識も情報も持ち合わせてはいなかった。

静かにテレビを見ていた凌大がいきなり、やーだ、と言い出す。

「電車いやなの？　別のを見る？」

「やーだ、やーだ」

身体を横に振り、手の先が近くに置いていたミニカーに当たってしまい、ミニカーがフローリングの上を転がる。

「ああ、これ、もう眠いパターンだわ。足も熱くなってる。よし、凌大、ママとお昼寝しよ」

「ねんね、ないの」

ついに泣き出してしまった。これこそ駄々っ子だ、と思う。成実は表情を変えずに、はい、抱っこ、と言い、慣れた様子で抱きあげる。手足をジタバタさせ、ねんねないの、と繰り返す凌大を抱えながら、わたしに対して言う。

「ごめん、ちょっと凌大寝かしつけるから、アプリ、ダウンロードしておいて。アルファベットで『meets』ってやつ。あ、うちのWi-Fiわかるっけ？　パスワード、ルーターの裏に書いてあるから、勝手に使ってね。ルーターはテレビの横ね」

わたしの答えを聞くこともなく、成実は、お昼寝しようね、眠たいよね、と凌大に話しかけながら、器用に肘を使ってドアを開閉し、向こうに位置する寝室へと消えていった。寝室のドアも閉めたのか、凌大の声もかすかにしか聞こえなくなった。

わたし、やるなんて言ってないのに。

そう思いつつも、スマホでWi-Fi接続を選び、テレビの横に置かれた黒いルーターをひっくり返し、そこに書かれている英数字を、間違えないようにゆっくりと入力した。問題なく接続される。

今度はアプリだ。アプリストアの画面を開き、「meets」と入力し、検索する。トップに表示されたので、すぐにわかった。

一千万人以上が利用、と説明部分に書かれている。本当だろうか。実際の稼働数はもっと少ないに違いないが、それにしても、数百万人は利用しているのか。普通に生きていたのなら、絶対に出会うことのない数。

ダウンロードは一瞬で終わった。ハートと鳥がデザインされた、薄い水色のアイコンをタップしてみると、「登録する」「以前登録されていた方はこちら」という選択肢。背景の、カップルが手をつないでいる写真に、なんとなくひるんでしまう。そのまま閉じた。

陽一と別れたとき、まだ、凌大は成実のお腹の中にいた。それを不意に思い出し、月日の流れの速さに驚く。

凌大が生まれてからは、すっかり伯母バカと化している。最初に会ったとき、手足の小ささや、尖ったような唇に、一気に夢中になってしまった。当然のことながら、凌大は日々成長し、会うたびに姿かたちは変化していくのだが、可愛さは変わらないどころか増している。寝返りを打ちそうで打てずにいた姿も、ハイハイしていた姿も、つかまり立ちする姿も、今のように小走りになる姿も、それぞれに愛おしく、わたしのスマホのカメラロールは、凌大が大部分を占めている。

陽一は、子どもが好きだった。歳の離れた弟がいて、小さいときから可愛がっていたのだという。親戚の子どもと遊んだときの写真も、何度か見せてくれたことがある。

わたしとの結婚や子どもについても、自然に会話に出していた。三人くらい子どもいたらいいなあ、三兄弟も楽しそうだけど、女の子がいても楽しいかもな、というふうに。当時わたしは結婚についてさほど現実的になれず、いつも話半分に聞き流してしまっていたけれど、子どもの可愛さがわかる今なら、もっと真剣に話せる気がする。結婚を前向きに考える彼の姿も、以前より好ましく見えるのかもしれない。

　別れを切り出したのはわたしのほうだったが、向こうも倦《う》んでいるのは明らかだった。だからわたしの提案を受け入れたのだ。

　別れた直後はラクになって、少ししてから、寂しさがやってきた。紙で指を切ったときみたいだ。直後は痛くないのに、初めて痛みをおぼえてからは、しばらく残ってしまう。成実に話したのも、そういう時期だった。

　すれ違い、と成実に説明した別れの理由は、けれど少し嘘だ。きっかけとなる出来事は、もっと明確にあった。そんなことで、と否定されるのを恐れてか、わたしが彼に信頼されていなかったんだと思われるのを恐れてか、自分でも判断できないが、とにかく言えなかった。今もその部分は判断できない。

　いくらでも思い出しそうになってしまう。成実が言うように「まだ忘れられない」わけでも、未練を抱えているわけでもないはずなのに。

　実際こんなにも彼氏がいない期間というのは、中学時代に初めての彼氏ができて以来、もっとも長いものかもしれない。熱烈に好きになるというわけではなく、どこかの部分で妥協するのであれば、わたしにとって恋人は願えば得られるものだった。

出してもらったまま、あまり飲まずにいたお茶を口にする。麦茶だ。なんだか懐かしい。家庭の味だ、と思う。実家でもよく飲んでいたせいだろう。

もう誰も見ていない電車アニメのDVDを消したり、ミニカーを布製のボックスにしまったりしていると、ドアが開き、成実がこちらに戻ってきた。

「寝たの？」

「うん、なんとか」

ドアを開けたままにしているので、凌大が起きてしまうのではないかと、小声で訊ねたが、成実の返事は通常のボリュームだった。どうやらさほど気にしなくてもいいらしい。

「結構すんなりだね」

きちんと時間を確認していたわけではないが、二人が寝室に行ってから、まだ三十分も経っていないはずだ。凌大の寝つきが悪くて困る、と何度か聞かされていた。

「そうだね、保育園で昼寝するようになってからは、ちゃんと習慣づいてるみたいで」

成実が仕事に復帰し、凌大が保育園に通うようになったのは、去年の四月からなので、ちょうど一年ほどが経つ計算だ。

「すごいね」

「うん、保育園様様だよ。それに今日は、午前中に近所の公園でかなり激しく遊んでたからね。疲れたんじゃないかな」

駅からここに来る途中に、いつも通りかかる公園のことだろう。そんなに大きくはなさそうだが、滑り台やブランコなどがあるのは見ていた。凌大が遊具で遊んでいる姿を見てみたいと思った。

「よかったらわたしも今度一緒に行くよ」

「今度ね。それより、ダウンロードできた？」

公園で何をしたか訊ねようとするより先に、アプリのことを訊ねられた。

「できたけど」

「よかった。じゃあ登録しよ」

「え、ここで？　今？」

「今。だってお姉ちゃん、帰ってからってなったら、登録しないままでしょう」

そう言い、成実は笑った。確かにそうなるに違いなかったが、やけに積極的な様子なのが珍しいし気にかかる。疑問をそのまま口にすると、言葉を選ぶ様子で、答えが返ってきた。

「わたし、自分が妊娠や出産を体験して、改めて身体っていうものを意識したんだよね。出産も、その後の育児も、ものすごく体力をつかうものだし、ある程度の若さは必要なんだろうなって感じた。特に女の人の場合は」

「確かにそうかもね」

　一度も出産のみならず妊娠したことのないわたしでも、その大変さというのは、いくつものメディアからの情報で、察するに余りある。自分の三十歳という年齢は、出産には決して早くない。

「だからもし、お姉ちゃんが本気で子どもを欲しいって考えるんだったら、早いうちに動いたほうがいいし、年齢がネックになってしまうのはつらいことだとも思う。とりあえず登録しようよ。別にイヤだったら削除すればいいだけの話なんだから」

「わかった」

　メディアからの情報と違い、直《じか》に、それも妹に言われてしまうと、説得力がある。了承はしたものの、それでもやはり、アプリに対する抵抗はある。

「いいなあ、成実は。ドラマチックな出会いで」

「え、何が？」

「浩平くんと。病室で再会、なんて」

　成実は病院に勤務する薬剤師だ。外来患者ではなく、入院患者に対しての薬の処方を担当している。普段は専用の部屋にいて、患者と会うことはそんなにないらしいのだが、その日はたまたま確認事項があり、患者のいる病室に足を運んだのだという。するとそこには、同室である別の患者の孫がお見舞いに来ていて、それが高校時代の同級生である浩平くんだった、という展開だ。その話を聞いたとき、わたしは興奮して、ドラマじゃん、と大騒ぎしてしまった。そんな偶然の再会、少なくともわたしの身には起こったことがない。

「別に再会じゃなくたって、仕事で知り合うのも、学校で知り合うのも、飲み会で知り合うのも、充分にドラマチックだよ」

「えー、そうかなあ」

否定するわたしに、成実が言った。

「産まれてくるってだけでも、信じられないほど低い確率だし、そこから無事に育って過ごすっていうのは、奇跡みたいなもんなんだよ。だから、どんな形でも、切り取ればドラマになるよ。全部ドラマチックなんだよ。全部」

妙に力が入っていた。出産を経験したからなのだろうか。全部ドラマチック。言い切られると、そうなのかな、と思ってしまう自分がいた。

「離れた場所で、指先から知り合っていくなんて、ドラマチックでしょ、充分に」

さらに念を押されてしまう。指先から知り合う。珍しく熱の入った様子で、キャッチコピーみたいな言い方をした成実は、わたしをまっすぐに見つめて、わずかに頷いた。

2．わたしのスペック

成実の視線を感じながら、閉じたアプリを、再び起動する。指先から知り合っていこうとしている。まだ見ず知らずの誰かと。

水色のハートの下で、二羽の鳥が向き合い、いくつかのハートが浮かぶ背景。「登録する」「以前登録されていた方はこちら」の二つのうち、「登録する」をタップする。

一からの登録だと、身分証明書を撮影してメールで送付したりする必要があるらしい。他のＳＮＳと連携するほうがラクそうなので、そちらを選ぶ。しばらく見ていないこともあり、パスワードが間違っていないか不安だったが、すぐに「登録完了」の文字が画面に浮かび上がる。

「登録できたみたい」

向かいに座っているので、こっちのスマホ画面が見えていない、成実にそう言う。

「え、もう？」

成実が膝立ちになり、そのままわたしの隣に来る。

「あ、まだ、書くことといっぱいあるみたいだけど」

　空白だらけのプロフィール欄を見て、成実は、まだ名前だけじゃない、と笑った。

　田《た》島琴実《じまことみ》。SNSと連携したことで入力されたのであろうわたしの名前。性別欄も、女にチェックがついている。右上の顔写真欄は、未登録を表す、グレーのシルエット。

　ざっとスクロールしてみると、誕生日、住所、身長、体型、同居家族・ペット、婚姻歴、酒・タバコ、職業、年収、趣味、資格、自己紹介メッセージ、などいくつも入力項目がある。

　めんどくさい、と思う。スクロールしていくと、ページの最後に、「※プロフィールは随時更新可能です」という文章があった。入力を後回しにするのもありだろうか。

「ひとまず、迷わずに入力できる部分だけやっておこうか」

　わたしが、めんどくさい、と思ったのが伝わったかのようなタイミングで成実が言う。ん、と曖昧《あいまい》な返事をした。

　タジマコトミ、という名前のフリガナ。「※名前はイニシャルで表示されます」という注意書きがある。誕生日は西暦から打ち込むと、自動的に横に年齢が表示される。30歳。

　三十歳になったからって、何も変わらないよね、と去年、同い年の友人と話していた。実際に気持ちの上での変化はあまり感じずにいたのだが、こうして表示されると、二十代とはまるで異なる気がする。突きつけられているような感覚。

住所は都道府県を選ぶだけだったので、迷わずに東京都を選ぶ。

必須項目として☆マークがついているのは、名前とフリガナと誕生日と住所くらいだ。あとは入力してもしなくてもいいらしい。

「これでいいか」

「でも、これだと、お姉ちゃんのことが何もわからないよ」

もっともな指摘だ。東京都に住む三十歳のK・Tという女。これだけの情報で、今ここにいるわたしの何が、どれだけ伝わるのか。

身長は百五十八センチ、体型はどちらかというと細身。これも正直に入力したが、この情報が増えたところで、自分がより伝わるようになったとも思えない。とりあえず、体重をそのまま入力させられるわけじゃなくてよかったとは思った。

「同居家族・ペット」も「一人暮らし」を、「婚姻歴」も「なし」を迷わずに選択する。

「これって反対に、自分が相手のを見るときには、どの条件でも絞り込み可能なんだよね、きっと。猫飼ってる人を選ぶとか、一人暮らししている人を選んだりとか」

成実の指摘に納得すると同時に、そんな情報が相手選びの選択肢として浮かんでくることを知り、意外だった。今まで誰かを、一人暮らしだからとか、猫を飼っているからとか、そうした理由で好きになったことはなかった。ただ、考えてみると、どの項目にしても同じことだ。身長や職業によって誰かと付き合いたいと思ったことはない。けれどアプリを通して相手を選ぶのなら、条件として設定しなければいけないのだ。

誰かに惹《ひ》かれたときや、今まで好きになった人を思い出すときに、その理由を言語化するのは難しい。明確に、顔が好き、ということもあったけれど、たいていは、なんとなく、とか、雰囲気、とか、曖昧なものになってしまう。けれどアプリの中には、写真と言語しかない。

今まで感じた、なんとなくいいな、という気持ちは、実際に会わなくても生まれるものだろうか。

「相手のを見てみようかな」

わたしは画面を下までスクロールして、まだ空白だらけのプロフィールを登録した。

成実は何も言わない。

ホーム画面を見て、虫眼鏡のアイコンから相手を探すのだろうというのは、すぐに推測できた。タップしてみると、事実そのとおりだった。たくさんの入力項目が、今度は検索するための項目として出てくる。年齢、住所、身長、体型……。ひとまず住所のみ「東京都」と設定し、検索してみる。

ずらりと顔写真及び短い文章が並ぶ。自己紹介メッセージの冒頭らしい。顔写真の横には、イニシャルと住所と年齢。

通販サイトみたいだ、と思った。最近、夏用のカーディガンを買おうとしていて、こんな画面を見たのだった。

チワワを抱っこして写っている人がいて、なんとなく目に留まったので、タップしてみる。

【N・A／東京都／28歳】だ。ナオキ、ナオヤ、ナオト。少し日に焼けた顔から、なんとなくナオトが似合う気がしたが、もちろん正解はわからない。まったく違う名前かもしれない。

顔写真の下には「最終ログイン時間：1時間以内」とある。こんな情報まで出るのか。身長は百六十八センチ。もっと大きく見えたので、なんだか意外だ。体型が「どちらかというと細身」なのは意外ではない。生活環境は「一人暮らし」で同じだ。婚姻歴が「なし」なのも同じ。お酒は時々飲み、タバコは吸わない。これも同じかも。職業は会社員（金融業・保険業）で、年収は六百一万～八百万。

指を止めた。年収が高い、と思うと同時に、ここまで記入するものなのか、と驚いてしまう。☆マークは付いていなかったので、記入必須項目ではないのだろうけれど。

「銀行員なのかな。なんかちょっとチャラそうだけどね。証券会社や保険会社もありえるか」

成実はいつのまにか、わたしのスマホ画面をしっかりと覗きこんでいた。首を斜めに伸ばすようにして。

「びっくりした」

わたしはつい笑った。成実は笑わずに言う。

「百三十って、多いのかな」

「百三十？」

「これ」

成実が人差し指を伸ばす。Ｎ・Ａさんの顔写真横。そこにはハートマークと１３０という数字。

「これって」

「今までの『いいね！』の数でしょ」

伸ばした人差し指を、今度は画面下部にそのまま移動させた。そこには「『いいね！』する　※♡１つを消費」という文章があった。

「気づかなかった」

わたしのつぶやきに、成実は、ええ？　と声をあげた。

「お姉ちゃん、どこ見てるの」

笑われてしまい、いや、年収とか見てたけど、と答えるも、なんだか気恥ずかしい。チワワは何歳くらいなんだろうな、などと考えていた自分がバカみたいで。

同じ画面で、同じものを見ていても、受け取る情報はまるで異なる。成実とわたしに限らないことだ。このページを見た人たちは、それぞれに違うことを思うのだろう。ある人は身長に注目し、ある人は金融系の職業に思いを馳せるのかもしれない。

「『いいね！』を送って、相手も、『いいね！』を送ってきたら、個人的にメッセージのやりとりができるようになるんじゃないかな」

「え、なんで知ってるの？　浩平くん情報？」

　このアプリで知り合って結婚したという浩平くんの同僚二人から、アプリの使い方まで細かく聞いているのだろうか。

「いや、わかんないけど。多分そういうもんでしょ」

　成実は言い、わたしから少し離れると、テーブルに置いていた麦茶を飲む。そういうもん、なのかどうかも、わたしにはよくわからなかった。成実が自分のスマホを操作しはじめたのを横目で確認しながら、N・Aさんのプロフィールの続きを読む。

　趣味はフットサルとゴルフとスノボ。アウトドア派らしい。日焼けはいずれかによるものなのか。

　コミュニティ（20）というのもあり、そこには「フットサル大好きな人」「楽しくお酒を飲みたい」といったコミュニティ名がいくつか並んでいる。コミュニティ名のあとのカッコ内に書かれている数字は、所属している人数なのだろうと推測できる。昔やっていたSNSにも、こうしたものがあった気がするが、自分がどんなコミュニティに属していたのかは、すっかり忘れてしまっている。もう十年以上前だろうか。

　もっとも長い「自己紹介メッセージ」欄を読みはじめる。

《はじめまして！
友達の誘いで始めてみました♪
学生時代からスポーツ三昧で、大学時代も勉強そっちのけでサークル（フットサル）にのめりこみ、落ち着きのない毎日を送ってきました笑
最近は出会いもなく、仕事ばかりの寂しい毎日です
誰とでも気さくに話せるタイプなので、ぜひ休日に飲みに行ったりしましょう♪
ちなみに写真の犬は実家で飼ってるロングコートチワワ（♀）です。親バカです笑》

　明るそうな人だな、と思う。あとは、チワワはメスなのか、とも思ったが、こんな感想を伝えたなら、成実に呆れられるに違いない。

この人のことを好きになれるかと訊ねられたら、そんな予感はしない。でも、実際に飲み会で会ったりしたなら、異なる感想を持つのかもしれない。

チワワの丸く大きな瞳を見ていると、成実に、お姉ちゃん、と声をかけられる。冷たい響きが宿っていた。

「なに」

「やっぱり人のを見るより先に、プロフィール書き終えたほうがいいよ」

「なんで？」

「登録から二十四時間以内は、検索結果に上位表示されやすくなってるんだって。有料会員なら常に上位表示されやすくなるらしいけど、お金払う気はないでしょ？　今のうちにやっておこう」

「上位表示？」

「たとえば、男性側が、東京都在住で三十歳の女性を検索したとして、その条件に当てはまる人ってめっちゃいるでしょ？　何百か何千か、もっとなのか知らないけど。そんなの、全部見ないじゃん、普通。見てもらわないことには始まらないんだから」

スマホで何か見ていると思ったら、どうやら、このアプリについて調べていたらしい。学生時代からずっと成績優秀だった部分が、こういうときにも活かされるのだな、と妙に感心してしまう。

「ほら、早く、書こ」

催促《さいそく》され、慌ててホーム画面に戻る。新着のお知らせがあり、確認して、思わず、あれ、と声をあげた。

「どうしたの？」

「『いいね！』が来てるみたい」

「え、もう？　まだ何も書いてないのに」

成実は笑ったが、わたしも同じ感想を抱いていた。顔写真も載せていない、東京都に住む三十歳の、身長百五十八センチでどちらかというと細身、一人暮らししている婚姻歴のないK・Tのどこに「いいね！」と思う要素があるのか。

しかし「いいね！」は既に二つ入っていた。S・OさんとA・Kさんから。「いいね！」を付けてくれた相手を確認したくて、わたしはS・Oさんのページをクリックした。

「四十八歳」

わたしが最初に目についた年齢を、同じタイミングで、成実が声にする。

身長は百六十四センチで体型は普通。コミュニティは百以上所属しているようだが、他の項目は登録していないのか、すぐに自己紹介メッセージが現れる。強烈なものだった。

《☆☆☆このページをクリックした貴女はラッキー☆☆☆

けしてアヤシイものではありません（笑）

人生をかけて、真面目に交際してくださる女性を探しております。探しつづけて早数年

（いや、数十年？　そこは細かく触れちゃいけません）

なかなか出会えないからこそ、会えたときの喜びがヒトシオなのかもしれません。そう言い聞かせています

このアプリを通して、クダラナイこともマジメなことも、時にはあんなことまで⁉　言い合えるような関係を築けたのなら嬉しく思います

趣味と呼べるのかわかりませんが、本を読むことや映画を観ることが若い時から好きです。気持ちはズーット若いですが

休日はもっぱらそんな感じで過ごしています

貴女の「いいね！」と、心のこもったメッセージをお待ちしています》

また声をあげたのは成実のほうで、それは、うわぁ、とシンプルなものだった。どうやら同じような思いらしい。

絶対に好きにならない人だ、と言い切ることができた。冒頭の文章も、あなたを「貴女」と表記することも、妙なカタカナも、好みじゃないというより、強い嫌悪感をおぼえた。文章の末尾には顔文字が入っているものもあり、それも同様に。顔写真は、眼鏡をかけたスーツ姿の中年男性が、カメラ目線でまっすぐに写っているものだ。気弱そうな印象。この人が、この自己紹介を書いているのか。

写真横の「いいね！」の数を見て、わたしは成実に言う。おそらく成実はとっくに見ているだろうけれど。

「この人の『いいね！』、十三だって」

「多いね」

「うん、思った。こんなにつくんだね」

「さ、このページのことは忘れて、早く自己紹介書こう！」

「そんな、呪いのページみたいに言わなくても」

笑って言った。成実は、ほら早く、とせかしてくる。本当はＳ・Ｏさんの所属しているコミュニティをチェックしてみたい気持ちもあったが、それは帰ってからでもいいかとひっそり思う。

「めちゃめちゃ怪しかったよね、実際」

さっき見たばかりの文面を思い出し、わたしが言うと、もう忘れないとやばいよ、と成実が言う。本当に呪いのように扱っているのがおもしろくなってしまう。

「いろんな人がいるんだね」

わたしのつぶやきに、成実は、当たり前じゃん、と即座に返してきた。気持ちを細かく説明したかったが、うまく伝えられる気がしないので、やめた。

S・Oさんの最終ログイン時間は、五分以内となっていた。おそらく日本のどこかで、今この瞬間に、わたしと同じようにスマホと向き合っている四十八歳の男性がいる。その光景が、実感を持って想像できるような気がしたのだ。出会ったことのない、多分一生出会うことのない多くの人たちが、みんな、アプリの向こう側に、スマホの向こう側に、いる。

プロフィール編集ページを開く。面倒だと感じていたが、残りの項目はそんなに多くはない。同居家族・ペットはなし。酒は「ごくたまに飲む」と少しだけ悩んで「時々飲む」を選択し、タバコは「吸わない」を選択する。

職業は「会社員」としたあと、さらに業種も選択するようになっていた。「製造業」とする。

勤務先は、主に台所の清掃用品を扱う、日用品メーカーだ。一般的には、ああ、聞いたことあるかも、というくらいの知名度。正直に言うと、エントリーした時点では、第十希望にも入っていなかった。とはいえ当時の細かい願望は忘れてしまった。第一希望が大手の食品メーカーだったことくらいしか覚えていない。

　書類や面接やグループワークといった段階の差こそあれ、あらゆるところから、末尾で今後のご活躍をお祈りされるメールや封書が届くようになった中で、最終役員面接で「一緒にお仕事できる日を待ってますからね」と優しく社長が微笑んでくれた、今の会社の存在に、心から救われた気持ちになったのだ。思いのほか自分自身が弱っていたのか、その場で泣いてしまいそうなほどだった。実際、涙ぐんでいた。

　一般職採用で、入社以来、ずっと事務職だ。小さな異動はあったが、あまり代わり映えのない日々を送っている。その暮らしが時おり、ものすごく苦しくなる瞬間もあれば、安堵をおぼえる瞬間もある。もちろん特別何も考えない日もある、というか、それがほとんどだ。よく知っている仕事。よく知っている人たち。よく知っている風景。

　成実はさっき、恋愛における出会いを「全部ドラマチック」と言っていたけれど、恋愛に限らなくても、わたしの生活にそんな要素があるとは思えない。

「年収、入れたほうがいいのかな」

　他の項目同様に、正直に記入するならば、プルダウンメニューの中から「二百一万～四百万」を選択する必要がある。絶対に隠したい、書きたくない、というわけではないが、あえて明らかにする必要も感じない。

「入れなくていいでしょ」

成実にあっさりと言われ、少しの間とはいえ、悩んだのが無意味に感じられる。次は趣味だ。

「趣味、ないなー」

思わず口からこぼれてしまった。ぱっと思いつくような趣味が見当たらない。最近の休日の過ごし方を思い出してみる。今、別の部屋で昼寝しているであろう、まもなく二歳になる凌大のことは自分でも驚くほど溺愛しているが、「趣味：甥っ子」とは書けない。

「買い物、とかかなあ」

さっき、通販サイトを連想したことを思い出して言うと、即座に却下された。

「いや、よくないでしょ。浪費家だと思われるよ。ファッション好きと思われても、それはそれでよくないし」

「浪費家はともかく、ファッション好きと思われるのはいいんじゃない？」

「ファッションに興味のない男の人からしたら、ちょっと合わないな、ってなるし、ファッション好きの男の人からしたら、大して好きじゃないじゃん、ってガッカリされるよ」

そっか、と納得せざるをえなかった。成実は昔からファッションには無頓着だった。高校時代、成実のクローゼットを見た際、服の少なさに驚いたのを思い出す。おそらく今も同じような感じだろう。姉妹で服の貸し借りをするというのが密《ひそ》かな憧れだったのだが、そんな機会は一度として訪れなかった。

「あ、モテそうなの思いついた。『料理』とかどう」

「本当ならいいと思うけど、趣味が料理だからって理由で『いいね！』を送ってくる人に対して、好感を持てる？　モテるのが目的じゃなくて、相手探しが目的なんだからね」

あまりの正論に、返す言葉が思い浮かばず、そっか、と言うので精いっぱいだった。

また休日の過ごし方を思い出す。自分がここ最近、どういうふうに過ごしていたのか。しかし「ダラダラしていた」という日がほとんどだ。趣味にもならなければ、エピソードすら生まれない。

そんな中で、このあいだ会社の先輩に恋愛小説を借りて読んだのを思い出したので言った。

「読書」

「いや、読んでないでしょ」

それなりに考えたつもりなのに、軽く笑いながら却下されて、つい言い返す。

「読んでないってこともないよ」

「でも、読書好きの人と話すの大変じゃない？　そんなに本の話題で長く話せる？」

想像すると、沈黙している自分の姿しか浮かばなかった。しかし、だとすれば、何の話題なら話せるのか。

「わかった。趣味はなしにする」

てっきり、そうだね、と同意されるかと思いきや、返ってきたのは反対意見だった。

「いや、なんかしらの糸口は用意したほうがいいって。みんながみんな、自己紹介文をしっかり読むわけじゃないだろうし」

「糸口になるのかなあ」

「なるよ。検索にひっかかれば、それが糸口になるんだから。というか逆に、検索にひっかからなければ、何もないのと一緒だよ。アプリの中では、書かれたことだけがすべてで、その他は無なんだよ。からっぽだよ、からっぽ」

無。からっぽ。強い単語にひるんでしまう。

「あ、わかった。旅行にしよう、お姉ちゃん、友だちと旅行、結構行ってたじゃん。国内も海外も」

「最近はそんなに行ってないし、人気のところをツアーで行くのがほとんどだよ。一人旅もしたことないし。あ、それに、英語もできないし」

「別にそれは大丈夫だよ。試験受けるわけじゃないんだから。旅行だったら知識量の大小も関係ないし、それぞれに話せることがあるじゃん。まったく旅行したことないって人はいないだろうし。盛り上がれる話題だよ」

　想像すると、今度は確かに、楽しく話している自分の姿を浮かべることができた。

「旅行」と打ち込む。

「ねえ、自己紹介メッセージは、成実が書いてくれたほうがいいんじゃない？」

「いいよ。貸して」

　あっさりと承諾され、むしろこちらが戸惑う。いやだよ、とか、それは自分で書きなよ、とか言われるかと思ったのに。なんなら少し楽しげにも見える表情で、スマホに向かってフリック入力していき、あっというまに「できた」と言う。戻されたスマホの画面を確認する。


《はじめまして。

プロフィールをお読みいただき、ありがとうございます。

都内で働く会社員です。職場でなかなか出会いがなく、女友だちがやっていたこともあり、こちらのアプリに登録してみました。まずは友だちとして、お話しできる方に出会えるといいなと思っています。

理想の男性のタイプは、気配りのある人です。


休日は家で過ごすことが多いですが、たまに友だちとカフェでお茶したり、レストランで外食したりすることも楽しんでいます。お勧めのお店情報も教えてもらえたら嬉しいです。

どうぞよろしくお願いします。≫

「なんか、おとなしい感じじゃない？」

　率直に言う。

「適当に絵文字足したり、書き換えていいよ。でもおとなしいくらいでもいいかなあって思うんだよね。あんまり主張強いの、いやじゃない？　それにお姉ちゃんはルックスがいいんだし、文章はそんなに書かなくても、写真でだいぶ人気が出そう」

　さらりとほめ言葉がまじっていたことに驚く。というか、成実がわたしをそう捉えていたことにも。ありがとう、というのもおかしい気がして、そんなことないだろうけど、と否定した。

わたしのルックスに関してもっとも意識しているのは、間違いなく、わたし自身だろう。学生時代、クラスで一番可愛いというレベルではないが、二十人の女子がいたとして、五番前後には入っていたのではないかと思う。自分の顔立ちについて、細かな不満はたくさんあるが、大きく直したいパーツというのは特にない。

しばらく悩んだが、結局、末尾に☆を付けたり、ちょっとだけ言い回しを変えたくらいで、成実が考えた文面をそのまま使わせてもらうことにした。そして最後に、トップに表示される顔写真を選ぶ。

何枚かを見せた中から、成実が選んだのは、友だちとの北海道旅行の際に撮った写真だ。結局成実が決めている、と思い、わたしは少し笑ってしまった。

十枚まで登録できるようなので、二枚目には飲み会での写真、三枚目に凌大を抱っこしている写真を選んだ。凌大はちょうど、後頭部しか写っておらず、顔はわからない。わたしの写り的には微妙なのだが、子ども好きが伝わるのはいいかもね、と成実にも賛成された。とりあえず、三枚をアップする。

更新し、他の人のページを見ていると、たてつづけにお知らせが届いた。どうやら「いいね！」が来たらしい。さっきもらった「いいね！」とは意味合いが違う。わたしに「いいね！」をくれた、T・Sさんのページを見ることにした。もちろん成実も、わたしの横で同じ画面を見ている。

顔写真を見た瞬間に、あ、高校時代の同級生に似てるかも、と思った。眼鏡をかけている。眼鏡の中の目は、柔らかく笑っているせいもあって細い。背景や、スーツという服装的に、誰かの結婚パーティーのような感じだ。二十九歳。一つ年下だ。ログイン時間は五分以内。

「なんかよさそうな人じゃない？　『いいね！』返したら？」

「え、判断早くない？」

「だって、こっちが押せる『いいね！』はいっぱいあるし、やっぱりいやだって思ったら、メッセージが来ても返さなきゃいいだけの話だよ。あ、そういえばメッセージ、男性会員の場合は、完全に無料で送れるのは最初の一通だけみたいだから、なかなか長くやりとりするのは大変かもね。途中で途切れるようなこともありえそう」

さっき調べただけでそんなことまでわかったのか、と驚きつつ、わたしは浮かんだ疑問を口にする。

「そうなの？　女性会員は？」

「基本無料みたいだよ」

「え、それっておかしくない？」

「おかしいと思うけど、そのことは今ここで言ってても、どうにもならないでしょう。いいや、押しちゃお」

「あ」

わたしが止める間もないまま、成実の人差し指が、T・Sさんへの「いいね！」を送り終えていた。画面上に、「メッセージやりとり可能です！」の文字。

「ちょっとー」

いつもの成実に似つかわしくない、やけに子どもじみた行動を軽くたしなめようとしていたわたしの耳に、ふえーん、という泣き声が届く。あ、と気づくと、成実は既に立ち上がっていた。別の部屋へと向かっていく。

この2LDKの新築マンションは、成実と浩平くんが購入したものだ。都心から少し外れているとはいえ、駅も近く、家族連れには人気の物件だろうと思う。具体的な価格までは聞いていないが、それなりの値段であることがわかる。

結婚、出産、マンション購入。わたしがまだ漠然としたイメージしか持てていない出来事を、成実は次々と経験していく。

確認したわけではないが、学生時代、成実はほとんど交際経験はなかったのではないだろうか。姉だというのもあって、自分のほうが先に結婚するのだと、なんとなく思いこんでいた。そうしたことに順番なんてないと、年下の子たちが次々と結婚した今ではわかるけれど。

凌大がお昼寝から起きたのだろう。時刻を確認すると、寝てから、一時間ほどが経っている。数え違いかと思い、確認したが、やはりそうだ。そのあいだずっと、このアプリを操作していたことに驚いてしまう。

T・Sさんのプロフィールを確認する。趣味は、読書、映画鑑賞。

読書……。さっき成実と話したことを思い出し、少しひるむが、別にこれから面談でもするわけではないのだし、と思い直す。

アプリ内でお知らせが届く。誰かがまた「いいね！」を押してくれたのかと思いきや、表示されていたのは、「T・Sさんからメッセージが届きました」の文字だった。

メッセージが届きました。

「ほら、琴ちゃんいるよ。おはよう、って言ったら？」

「やなの、やなのー」

寝起きのせいなのか、ぐずっている凌大の可愛さにも気をとられつつ、成実に報告しようと口を開く。いや、その前にメッセージを読もう。妙に緊張している自分がいた。

3. 微妙な映画（友さん・29歳）

待ち合わせの場所には、十分前に到着した。駅前の小さなフラワーショップ。早く着いてしまったかと思ったが、立ち止まった瞬間、横からいきなり話しかけられた。

「すみません、琴実さん……ですか？」

どこで待っていたのだろう。立っていたのは、男性だった。初めて見る人だったけれど、もちろん誰なのかわかっていた。わたしは答える。

「はい。友《とも》さん……ですよね？」

はじめまして、と付け足そうとして、やっぱり、やめる。

「よかったー、合ってた」

彼が笑う。眼鏡の奥の目が、さらに細くなる。わたしも、よかった、と笑いつつ、彼の服装を確認する。

白と紺のボーダーのカットソーは、半袖よりも少し長め、五分袖くらいか。下はベージュのパンツ。縦長の紺のトートバッグは布製で、下部に白でブランド名が入っている。

カジュアルブランド。足元は黒いスニーカー。

おかしくない。昨夜のうちに選んで決めた自分の服装が、バランスを考えると、ちょうどよかったと安心する。ワンピースにヒールでは、やりすぎだっただろう。

細かく同色のドットが入った、ミントカラーのブラウス。裾がわずかに広がっている薄いグレーのパンツ。リボンのついたフラットシューズと、普段使っているものより小さめのバッグは、どちらも黒を選んだ。電車内は少し寒かったので、ベージュの薄手ロングカーデを羽織って、そのままここまでやってきた。

バッグさえ替えれば、通勤にもそのまま使えそうなスタイルだ。会社では紺の制服を着用していて、通勤時の服装は自由なのだが、あまりにカジュアルすぎると浮いてしまうので、デニムは避け、綺麗めの格好をするようにしている。大学時代は古着も好きで、派手なワンピースなんかも多くあったのだが、最近はシンプルなものが多く、部屋の収納部分に取りつけた突っ張り棒に並んでいるハンガーには、落ち着いた色の服ばかりかけられている。チェストの中も含めて、外出着と、完全な部屋着の二種類だけ。もっと細分化されていて、カオスだった数年前が、今は遠い。

フローリングにたくさん広げた服の中から、組み合わせを選び出してもまだ、シンプルすぎるだろうか、と揺らいでいたが、別にスカートにしたってパンツにしたって、それがきっかけで好かれたり嫌われたりすることはないだろう、と思い直した。高校生の頃だったなら、もっと何時間でも悩んでいただろう。さすがに三十歳にもなれば、時間のコントロールや、気持ちの割り切りだってできるようになっている。

メイクは普段よりも時間をかけたが、むしろナチュラルな仕上がりを心がけた。ベースメイクを丁寧に、普段は省きがちなコンシーラーを使い、赤みや小さな吹き出物をしっかりと隠すようにした。アイシャドウは発色のいいベージュを選んだ。

「行きましょうか」

立ったまま、なかなか動き出そうとしない彼に言うと、あ、そうで、そうだね、と言葉が返ってきた。そうですね、と言いかけたようだった。

メッセージをやりとりする中で、声のトーンを想像していたつもりはなかったが、思ったよりも高く感じたのは、いつのまにか想像していたからだろう。

歩き出すわたしたちの距離は微妙だ。間に一人入るというほどではないが、隣、という感じでもない。

彼の身長はさほど高くない。百六十八センチと、「meets」のプロフィール欄にも記載していた。少しだけ猫背なんだな、と知る。

行き先はわかっていた。ここから数分の映画館だ。そこの前で待ち合わせでもいいのではないかと、一緒に映画を観ることが決まった時点から思っていたが、どこがいいかな、駅前のこの店の前ならそんなに人もいないかな、とフラワーショップのアドレスも付けて送ってきてくれたメッセージに、わざわざ異議を唱えるほどでもなかった。

　二人ともしばらく黙っていた。気まずさをおぼえて、言った。

「今日、雨じゃなくてよかったよね」

　あえて敬語は使わなかった。

　もし雨なら、靴を防水のものにする必要があったし、そうすると服装全体を考え直す必要が出てきた。そもそも雨だと外出自体がとても億劫《おっくう》になってしまう。せっかくなら前向きな気持ちで会いたかった。

　実際に会おうという話はわりとすぐに出たのだが、何をするか、どこで会うかがなかなか決まらなかった。結局、映画を観ようというのも、わたしが決めた。映画の選択は友さんにまかせたのだが、候補は出してくれるものの、決断までには何回もやりとりをした。タイミングが合わない日もあったりして、メッセージだけの期間が過ぎ、季節はもう六月だ。

「うん、よかった」

　友さんが言う。

　湿度のある空気が顔にまとわりつく。カーディガンを脱ごうか、とも思ったが、おそらく映画館は涼しいに違いない。

「でもちょっと暑いね。もわっとしてる」

そう言うと、うん、という返事が戻ってきた。

また面倒な季節になってきてしまった。昔は好きだった夏を、もう昔のようには好きになれない。首や、今はカーディガンによって隠れている腕だけでなく、足首にも日焼け止めを塗って出てきた。顔は、化粧下地にもファンデーションにも、ＵＶカット機能成分が含まれているので、それ以上は重ねていない。日焼けは大敵、というＣＭや薬局でのポップは、警告というより、もはや脅しのように感じられる。

日焼け止めを熱心に塗るようになったのは、というか、肌のケアについて真剣に気にするようになったのは、ここ数年のことだ。珍しく徹夜をすれば、翌日には肌が荒れている。そもそも朝まで起きていられる元気もなくなってきた。可視化できない体力は、確実に落ちているのを感じる。三十代のまだ入り口で。

暑い、夏、と考えていて、やりとりの中で、彼の地元が少し離れた県であると聞いたのを思い出した。別の地方の大学から、就職を機に、上京して一人暮らししているらしい。

「友さんの地元って、こっちより暑い？」

「いや、うちは山の中だから、都内より涼しいかな」

今までより少し長めではあったが、それ以上は続かなかった。

なんだかわたしばかり話すことを考えているな、と思う。

黙ったままで歩いていると、沈黙が重たく感じられるが、友さんは気にしていないのだろうか。特に喜怒哀楽を浮かべてはいない横顔から読み取ることはできない。周囲の人たちの騒がしさの中で、わたしたちは静かだ。

「あ、ええと。ちょっと待って」

友さんが立ち止まり、スマートフォンを出した。マップで映画館の場所を確認しているようだった。道の真ん中で止まってしまったので、向こうから来る自転車に乗った人が、わたしたちに対し、一瞬不快な表情を浮かべたのがわかった。

「ここ、邪魔かも」

わたしが言うと、あ、すみません、と友さんは若干早口で言い、わたしたちは道の端に並ぶ。ごめんなさい、こっちだ、とまた少し早口で言うと、歩き出した。わたしも歩き出しながら、あらかじめ場所を見ておけばよかった、と思う。

黙ったまま、映画館の前に到着する。そのまま中に入った。既に待っている様子の人たちが大勢いるが、同じ映画を観るのかどうかはわからない。ちらほらいる親子連れは、おそらくアニメ映画を選ぶのだろう。

あ、と友さんが声をあげる。壁際にあるチケットの自動販売機を見ていた。そのまま機械に向かって歩き出すので、それについていく。

タッチパネルを操作しはじめる。

「よかった、空いてた」

席を選ぶ画面で、彼が言う。もしも空いていなかったらわたしたちはどうしただろう、と思う。

「席、どのへんがいい？」

「後ろ寄りがいいかな」

答えると、さらに質問が続いた。

「向かって右？　左？」

どちらでもいいと思って、どっちでも、と言ったのだが、人差し指を突き出した形のまま、どちらにしようかを決めあぐねているようだったので、じゃあ、こことここでどうかな、と隣り合う席を横から指定した。

支払い画面にうつったので、財布を出そうとすると、あ、いいよいいよ、と制された。

「いや、でも」

「おれが観たかったし」

一人称が、おれ、なのが意外だった。メッセージでも書いていただろうか。いや、目にしなかった気がする。

「でも」

「ほんとにいいよ」

「ありがとう」

受け取る気はなさそうなのを感じ、引き下がる。彼がシンプルな黒の財布からクレジットカードを出し、機械に入れている。

久しぶりの映画館だ。二年前に別れた、前の恋人である陽一と来たのがおそらく最後だろうから、数年ぶり。最後に二人で見たのが何だったのかは思い出せない。たくさんの映画を一緒に観た。おもしろいものもつまらないものもあった。上映中に手をつないでドキドキしていたこともあったし、映画の途中で陽一が寝てしまったことも、わたしが寝てしまったこともあった。

発券された白い紙を、一枚、手渡してもらう。ありがとう、ともう一度言う。

そのまま入場してすぐ、ドリンクを販売しているカウンターが目に入る。香ばしいような甘いような強い香りは、一緒に販売しているポップコーンだろう。わたしは言った。

「チケット買ってもらったし、飲み物買うね。何がいい？」

「あ、ありがとう。えーと」

レジ上のメニュー表を、真剣に見つめている。なかなか決まらないようだ。しばらくしてから、こう言った。

「琴実ちゃんは、何にするの？」

「わたしは、ウーロン茶にしようかなって」

「じゃあ、同じので」

「うん、わかった」

彼を待たせ、カウンターで、ウーロン茶二つを注文する。氷が多い。赤いラベルの大きな紙コップ二つを両手に持つ。はい、と右手のほうを彼に近づけた。ありがとう、と彼が言う。一瞬、見つめ合った。

最初に写真を見たとき、高校の同級生に似ていると感じたが、実物はそうでもない。どちらかというと、同級生のほうがかっこいいかもしれない、と思う。


映画は微妙だった。

実際にあった殺人事件を基にしたという、アメリカの映画。冤罪を訴える主人公と、殺されてしまった主人公の彼女。数名の怪しい人物を含めて、視点が切り替わっていくのだが、誰の視点なのか途中で混乱してしまうような箇所があり、主人公の冤罪疑惑が晴れるくだりも、半ば強引に感じられ、最終的には明るく、ハッピーエンドとして終わっているのも違和感があった。

なので、二人がけのテーブル席について、すぐに言った。さすがにこれから観る人たちもいるかもしれない映画館では言えず、我慢していたのだ。

「最後、あんなに『やったー』って喜ぶの、おかしくない？　彼女は死んじゃってるのに」

アイスコーヒーを一口飲んだ彼が、確かに、と頷く。わたしは続けた。

「だよね。生き返るわけじゃないのになあ、と思っちゃった。もちろん冤罪が晴れたのはよかったけど」

今度は無言で、彼がまた頷く。

アイスココアを口にする。強い甘み。上のクリームは抜きにしてもらってもよかったかもしれない。あるいはカフェラテでも。なんとなく甘いものを口にしたかったが、これは甘すぎる。

映画館を出た瞬間、彼が、これからどうしようか、と言った。

昼食はそれぞれ食べてきていたし、夕食にはまだ早い。お茶しかないのではないかと思い、お茶飲もうか、と言うと、うん、と返ってきた。

そのまま歩き出したが、特に目星をつけている店があるわけではなさそうだった。一軒、テラス席のある雰囲気のよさそうなカフェの前を通りかかったが、テラス席はすべて埋まっていたし、外から確認する限り、店内も満席のようだった。

いくらでも歩いていきそうだった彼を、ここはどうかな、と制し、チェーン店のカフェに入った。わざわざ普段は来ない駅に来ているのだから、別の店が希望ではあったが、それよりもこれ以上歩きたくないとか、喉が渇いたという気持ちが上回ったのだった。

会計は彼がまとめて払ってくれた。店内の席は七割方埋まっていて、学生らしき子たちが多い。一人がけのソファ席は人気なようで、空きがない。

わたしはまた、さっきの映画を思い出して言う。

「後半の、雨の夜の視点が、犯人のなのか、主人公のなのか、殺された女の人のなのか、よくわからなかったんだよね」

「確かにわかりづらかったね」

「だよね。わざとなのかもしれないけど、あそこはなくてよかった気がする。だったらもっと、動機を知りたかったよ。恋心がねじれて、憎しみになっていったっていうのはわかったけど、そこまで好きだっていう理由や様子も伝わらなかったし」

「そうだよね」

彼はまたアイスコーヒーを飲むと、一瞬、考え込むような表情を見せた。彼の感想を聞きたくて、待っていると、出てきたのは予想外の言葉だった。

「なんか、ごめん」

「え？」

突然の謝罪の理由がわからずに、そう聞き返すと、彼は目線をアイスコーヒーにうつして言った。

「もっとおもしろい映画だったらよかったんだけど」

「え、ううん、ごめんなさい」

慌ててこちらも謝った。

「おれが選んじゃったし」

「いやいや、わたしも観たかったんだよ。っていうか、わたしも賛成したんだし。ごめんね」

申し訳なく思われるのは、本意ではなかった。ただ、感想をそれぞれ話し合って、共有したかっただけだ。本当は、冤罪疑惑が晴れるシーンについても、少し話したかったし、どう思ったかも聞いてみたかったのだが、また新たな謝罪の言葉を生みそうで、それ以上は話せない。

「映画館自体も久しぶりだから楽しかったし」

わたしがさらに付け足すと、友さんは小さく頷いたが、特に何かを言うわけではなかった。

陽一だったら。

つい、比べてしまう自分がいた。

映画を観たあとは毎回のように、カフェや自宅で、感想を自由気ままに言い合っていた。片方がおもしろいと感じても、片方がつまらないと感じることもあり、そういうときはどちらも激しく主張した。主張を聞くうちに、感化され、感想が入れ替わってしまうこともあった。軽い喧嘩のようになることすらあったけれど、それも今振りかえれば、楽しかった。

陽一が強く観たがった作品で、もしつまらなかったと感じても、選択を責めたことはなかった。その逆も同様だった。あらかじめ調べた情報で、観たくないと思えば断るし、了承するのは、観たい気持ちがわたしの中にもあったからだ。

友さんはまた黙っている。何か話さなければ、と思う。楽しく盛り上がれる話題はあるだろうか。

この人がメッセージを打っていたんだな、と、目の前に座る彼を見て、改めて思う。当たり前だけど、実在している。最初のほうでお互いのフルネームを名乗り、以来、「琴実さん」「友さん」と、メッセージ内で呼び合っていた。

笹野《ささの》友崇《ともたか》。それが、目の前に座っている彼の名前だ。友だちからは、とも、と呼ばれることが多いらしい。二十九歳。大学を卒業してから、ＳＥとして働いている。週に数回は残業で、自炊はほとんどせず、コンビニでお弁当を買うことが多い。読書は主にミステリーを読み、映画も時々観る。冬にはごくたまに大学時代の友人たちとスノボに出かけることもある。休みの日は長く寝てしまうことも多いが、先週の休みは同僚の結婚式に出席した。

わたしたちは、どれくらいお互いを知っているといえるのだろう。同じくらいのわたしについての情報が、彼のところにもあるはずだが、それはわたし全体の何パーセントほどなのか。

　三週間ほど、やりとりを続けてきた。たいていは朝の出勤前と眠る前に、二往復。おはようやおやすみなさいを交わし合った人と、今、初めて会っている。

「あ、そういえば、連絡先って、聞いても大丈夫ですか」

　珍しく友さんのほうから話しかけられたが、敬語だった。彼自身も、あ、という顔をしていた。

「うん、ぜひ」

　答えて、バッグからスマホを取り出す。「meets」で、新たな「いいね！」が来ているという通知が入っていた。あとで確認しようと思う。

「meets」内でのメッセージのやりとりは、女性会員のわたしは無料でできているが、男性会員は最初の一通のみ無料で、あとは課金の必要があるらしい。自己紹介を書いた際に、成実が教えてくれたことだ。

　友さんは既に、わたしとのやりとりをするために、お金を支払っている。それがいくらかはわからないし、彼に気にしている様子は特にないが、ずっとうっすらとした申し訳なさがあった。

　互いに出したスマホで、LINEを交換する。

「じゃあ、今度からはこっちで」

「うん、ぜひ」

彼が言い、わたしが答える。

スマホをまたバッグにしまい、バッグを脇に置いたバスケットに戻す。アイスココアのグラスをテーブルから持ち上げる。その瞬間、底にたまっていたらしき水滴が、太ももあたりに落ちてしまったのがわかった。見てみると、グレーのパンツに、丸いシミがついている。水だからすぐ乾くだろうし、小さなものだけれど、感触が不愉快だ。

また、友さんは黙っている。

もう帰りたい。帰ったら、友さんにメッセージを送ろう。

流れるように思い、そこにある矛盾に、すぐに気づく。だって友さんは、たった今、わたしと会っているのだ。

夜に来るメッセージにはいつも、おつかれさま、という一文が入っていた。短い言葉で、疲れが少し癒されるような気がした。知らなかったことを知るのが楽しかったし、自分のことを知ってもらうのが嬉しかった。そのやりとりをしていた相手は、ここに、目の前に、向かい合っているのに。

向かい合って座る相手と、アプリの中でメッセージをやりとりしていた相手が、結びついてくれない。わたしの中だけでいつのまにか、存在しない人を作り上げてしまっていたのかもしれない。

長く感じられた沈黙のあとで、彼が言った。

「このあと、どうしようか」

この店に入った流れを踏まえても、彼が、どこかお店を予約していたりすることは考えにくかった。わたしも詳しいわけではない。店は多いので、よっぽどの人気店でなければ、当日でも入れるとは思うが、自分が夜に何を食べたくなるか、全然想像できなかった。お腹は全然減っていない。昼食はトーストで済ませただけなのに。

夕方四時過ぎ。もし夕食をともにするとなれば、あと二時間くらいは時間をつぶす必要がある。

わたしはアイスココアを飲み、言った。

「ごめん、今日はちょっと、そろそろ行かなきゃいけなくて」

「え、そうなんだ」

彼が少し驚いた表情を見せる。

「うん。先に言えばよかったね、ごめんね。映画ありがとう。あ、飲み物もごちそうさまでした」

「いや、こちらこそ。あ、じゃあ、出ようか」

「ううん、友さんは、まだゆっくりしてて大丈夫だよ」

立ち上がるときに、太ももの濡れた感触を、改めて感じる。同じように立ち上がろうとする彼を制して、わたしは言った。アイスコーヒーは半分以上残っている。

「ごめんね、じゃあ、また」

軽く笑顔を作って言った。

「あ、うん、気をつけて」

「うん。ありがとう」

帰る言い訳くらい作ったほうがいいだろうか、とも思ったが、聞かれてもいないのに言うほうが不自然な気がした。作った笑顔のまま頭を下げて、軽く手を振ってから、店を出て、駅までの道を早足で行く。

何やってるんだろう、わたし。

逃げるみたいに帰ってる。何やってるんだろう。ほんと、何やってるんだろう。

駅のホームまでたどりつき、目にした自動販売機で、ミネラルウォーターを買った。水色のラベル。端のほうにあるベンチに座り、ペットボトルのキャップを開ける。早足だったせいか、呼吸が荒くなっている。一口飲んだ水が、冷たくておいしい。

何やってるんだろうなあ。

改めて思う。

帰りたい、と強く思ったはずなのに、このまま一人の部屋に帰るのはいやだった。だからといって、誰かと会うあてがあるわけでもない。

これ以上、友さんと過ごしていると、どんどん疲れてしまいそうだった。何も話してくれない、決めてくれない彼に、苛立ってしまう気がした。

ベンチの反対側には、女性が座っている。隣に寄り添うようにして置いた黒いベビーカーの中に向かって、いろいろ話しかけているが、角度的に、ベビーカーの中は確認できない。甥っ子である凌大のことを思い出す。二歳になって、赤ちゃんらしさが抜けたとはいえ、まだほっぺがぷにぷにとしている凌大。

ホームはそれなりに混雑している。並んで立ち、お互いの手をからませて、楽しそうに話をするカップルは、わたしよりもだいぶ若そうだ。大学生くらいだろうか。

ここにいる自分以外のみんなが、目的地を持っているように見える。比喩ではなく、現実的に。わたしも自宅を目的地にすればいいだけの話だが、気乗りしない。トーストを食べたあとのお皿が、まだシンクの中にある光景を思い出す。

陽一は、トーストを好んでいた。愛していたといっても過言ではない。ケチャップとマヨネーズを混ぜただけの、ごく簡易的なオーロラソースを、彼は「神ソース」と呼び、トーストのときはたいていそれをのせていた。スクランブルエッグとか、ツナとか、そうしたものに合わせて。

今日も神ソースだな、と真剣につぶやく、いつかの陽一の顔を思い浮かべ、つい小さく笑いそうになってしまう。

今日の映画を、陽一が見たら、どんな感想を持っただろう。再生ボタンを押したみたいに、頭の中で勝手に流れて、止まらない。何年も見ていない寝顔の、わたしより長いんじゃないかと思うまつ毛の角度まで浮かんだところで、打ち消すために、ミネラルウォーターを多めに飲んだ。

キャップを閉めてもまだ、耳の奥あたりに、陽一の声が残っている気がした。

バッグからスマホを取り出す。LINEが届いていた。まさか、と一瞬鼓動が速くなる。確認すると、それは、友人である萌《もえ》からのものだった。文章の末尾には可愛らしいアイコンが多くちりばめられている。

≪久しぶり！
元気してるかな？
突然なんだけど、今年結婚することになったよ。相手は、前から付き合っていた例の人です
まだ式とかは何も決まってないんだけど、ひとまず琴実には報告しておきたくて

細かいことは会って話したいので、また今度ごはん行こうね》
「ごはん」という文字が入った、猫が魚をくわえているスタンプもついている。
例の人、とは今まで何度も話を聞いてきたし、顔を合わせたこともある、合コンで知り合った彼氏のことだろう。萌と最後に会ったのは今年の頭で、そのときは、最近彼氏とした喧嘩についての話は出ていたが、結婚についてはまったくだった。この数ヶ月の間に、プロポーズがあったということなのだろうか。

みんな、結婚するんだな。

萌は前の彼氏と別れたときに、ひどく落ち込んでいた。その様子を間近で見ていたので、今の彼氏と付き合い出したときは自分のことのように嬉しく感じられたし、結婚も嬉しい。

だけど、百パーセント心から喜べているかというと、そうではなくて、喉に刺さった小骨みたいにひっかかっているものがある。

グレーのパンツについたシミに触れてみる。もう一度文面を確認しようとしたところで、次の電車が来るというアナウンスがホームに流れる。

4. 婚活中（シロさん・34歳）

指定された待ち合わせ場所は、駅から歩いて一分ほどの場所に建つ、古くから存在していそうな医院の前だった。

もちろん疑問に思ったが、彼が「変なところでごめん笑。でも人があんまりいないから、迷わずに会えると思うよ。穴場」と書いていたので、そうなのか、と納得した。

耳鼻咽喉科の看板が出ているその医院の前には、一人の男性が立っていた。

シロさんだろうか。いや、でも違う。

少し離れたところで待とうとすると、向こうから、コトちゃんだよね、と話しかけられた。

「あ、はい」

すんなりと名前を呼ばれたが、まだのみこみきれない。

「暑いねー。現地集合でもいいかなと思ったんだけど、細い道とか入るし、結構わかりにくいからさ。ごめんね、変な待ち合わせ場所で」

「大丈夫です」

咄嗟《とっさ》にそう返したが、戸惑いは消えなかった。無意識のうちに、こないだの友さんとの初対面の様子を想定していたせいなのか、まるで昔からの知り合いのように接してくる態度に違和感をおぼえたのもあるが、それだけじゃない。

歩き出すシロさんの後ろ姿を見る。

太い。

背中にも肉がついているのが、Tシャツ越しにわかる。七分丈ほどのパンツから覗く足首やふくらはぎも、ずっしりとしている。

写真と違う、と思う。まるで別人だ。

彼がプロフィールで書いていた体型は「普通」だったはずだ。だが当てはまるのは「ぽっちゃり」もしくは「肥満」だろう。

男の人の体重についてはよくわからないが、写真と実際会った印象では、三十キロくらい違いがあるのではないかと思う。いや、背が高いから、もっとだろうか。

「あー、ほんと暑い」

彼が言う。ひとりごとなのかもしれなかったが、暑いですね、と返した。

彼が立ち止まり、まじまじとわたしを見る。どうしたんですか、とこちらが訊ねるより一瞬早く、彼が口を開く。

「敬語じゃなくてほんとにいいよ。ちょっと長く生きてるってだけで、たいしたことしてないんだから」

そう言って笑ったので、わたしもなんとなく笑った。

彼は現在、わたしより四つ上の三十四歳だ。それだけが敬語を使っている理由じゃなく、関係性による部分もあるけれど、敬語を使わないように心がけたほうがいいのだろう。

アプリ内のメッセージでもそうだった。敬語を使っていたわたしに、「敬語なしで大丈夫だよー。気軽にね」と返してきていた。

とはいえ、メッセージ自体、そんなに多く交わしてはいない。すぐに会おうという話になり、こうして一週間もしないうちに、実現した。会う日時や、待ち合わせ場所を決めるための、具体的なやりとりが主だった。プロフィールページに書かれていることと、最初に伝えてもらったフルネームや年齢以外、個人的なことはあまり聞いていない。

プロフィールページに「いいね！」を送ってくれたのは、彼のほうだった。

正直、「いいね！」を送ってくれる人というのは、少なくない。「meets」を始めてから一ヶ月半ほど経つが、付けられた「いいね！」の数は百五十を超えた。登録直後にかなりの「いいね！」が続けざまに来て、最近はペースが落ちてきているが、登録者の中でも、多いほうなのではないかと思う。

付けてくれた人のプロフィールは、一応かかさずに確認しているのだが、写真がなかったり、ほとんど記入している項目がなかったり、あまり熱心にやっているとは思えない人も多い。

写真やプロフィールを見て、少しでも悪くないなと感じたら、こちらからも「いいね！」を返すようにしている。ハードルは低めでいいと思うよ、とは、成実から言われたことだ。いきなり付き合って結婚するってわけでもないんだから、と。

実際、そうして互いに「いいね！」を付けて、メッセージの交換ができるようになったとしても、やりとりが始まるケースは少ない。女性側であるこちらからは、基本的に無料でメッセージが送れるのだが、男性側からは、二通目以降は課金制になってしまうからだと思う。

こちらが興味を持って、メッセージを送っても、何も返信がないことに、少し落ち込んでしまうときもあったが、そういうものなのだと、だいぶ割り切って考えられるようになってきた。

「コトちゃんは、夏、好き？」

歩いていたシロさんが振り向き、わたしに訊ねる。シロさんはわたしの半歩くらい前を歩いている。

名前を呼ぶのも自然で、ためらいがないので、本当に、昔からの知り合いのようにも感じられてしまう。

「昔は好きだったけど、今はあんまり。シロさんは？」

敬語が出そうになるのをこらえながら、そう訊ね返すと、おれもかなあ、と答えが返ってきた。

「暑いともう、何もやる気起きないよね。とかいって、フェスは行ったりするけど」

「そうなんだ」

「そうそう。たまーに出たりもする。今年は特に予定ないけど。屋内のがちょこちょこあるくらいで」

「フェスに？　え、シロさんは、ミュージシャンなんですか？」

驚きでうっかり敬語になってしまったが、そこには触れることなく、シロさんは笑って答える。

「いやいや、ど素人だよ。時々ＤＪやってて、知り合いから声かけてもらって、気が向いたらイベントに出たりしてるくらい。ほんと、ちょっとした場つなぎって感じ」

「すごい」

わたしは言う。すごくないよ、とシロさんはまた笑う。わたしの半歩くらい前を歩いたまま。

プロフィールに記載されていた身長は、百八十一センチだ。それは真実だろうな、と思う。髪は少し長め。耳が隠れるくらい。

シロさんが着ている薄いブラウンのTシャツは、裾がラウンドしていて、後ろ下がりのデザインだ。おそらくオーバーサイズなつくりなのだろうが、かなりタイトになっている。下には麻素材っぽい、涼しげなカーキのパンツ。素足に黒いサンダルを合わせている。夏の休日、という感じのカジュアルさだ。

ワンピースを着てきたのだが、パンツスタイルのほうがよかったのかもしれないな、と思う。「相手の友だちの写真の展示会」に行くために、ふさわしい服装というのがわからなかった。全面に草花柄が入ったネイビーの半袖ワンピースに、甲部分がリボンのデザインになっている、黒のローヒールのサンダルを合わせている。ペディキュアは水色だ。普段、会社があるため、マニキュアはピンクやベージュくらいしか付けられないというのもあり、ペディキュアはわりと派手な色を選びがちだ。昨日しっかりと塗り直した。ムラが目立たないよう、細かいラメでごまかしている。

大きめの、トートタイプのバッグの中には、ベージュの薄手ロングカーデが入っている。このあいだ、友さんと会ったときには羽織っていたものだ。今日はここに来る電車内も含め、まだ一度も出番がない。

「そういえばコトちゃん、さっき会ったとき、おれのことわからなかったでしょう」

「え」

咄嗟に声を出したが、どう答えようか悩んでしまう。シロさんが、ははは、と笑って言う。

「写真、だいぶ昔のだからさー、体重が相当違うんだよね。かなり肥えちゃって。詐欺みたいになっちゃってるよね」

また、ははは、と笑う。

合わせて笑おうと思ったが、苛立ちが生まれてしまい、うまくできない。

なぜ自分で、現状と違うとわかっていながら、写真を変えないのか。撮りなおすなんて造作もないはずだ。詐欺みたいに、というか、詐欺だ。

いや、でも、冗談にしているくらいだし、悪気は本当にないのだろう。それに体型くらいで好き嫌いを判断してしまうのはよくない。大切なのは中身じゃないか。

相反する気持ちが、自分の中でせめぎ合う。当然のことながら、シロさんはわたしのそんな思いなど知るわけもなく、夏休みの話を始めている。シロさんはフリーランスのため、休みは「毎年適当で、今年もあんまり決まってない」らしい。相づちを打っているうちに、会場に到着する。

相当古びた感じの、細長いビル。入口に、写真展の案内が出された小さな木の看板はあるが、気づかずに通り過ぎてしまいそうだ。医院前での待ち合わせにしてもらったのは正解だったかもしれない。友さんとは反対に、シロさんは自分からさまざまなことを提案してくれるタイプだった。

シロさんは慣れた感じで、建物に入るとすぐに、脇にある階段を数段のぼって、そこにあるエレベーターのスイッチを押した。止まっていたエレベーターが開き、乗りこんだのだが、こちらもかなり年季が入っているように見える。表示板によると、五階建てらしい。シロさんが押したのは3のボタンだった。

エレベーターのドアが開いて、降りると、目の前が写真展の会場だった。一フロアに一室という造りのようだ。重たそうなドアは、コンクリートブロックを置いて開けっぱなしにされている。会場の中にいた男性が、こちらを見て、すぐに、シロさん、と声をあげた。

シロさんは近づいていき、彼と肩を組むようにすると、そのまま手で、ポンポン、と肩を叩き、体を離した。こちらを見ている男性に対して、わたしは、初めまして、と頭を下げる。シロさんに向かってはしなかった挨拶だ。

「シロさん、美人連れてますねー」

ちゃかした口調で言うその人に、シロさんは、今日初めて会ったんだよ、ね？　と、後半はわたしの顔を見ながら言う。わたしは正直に、はい、と答える。

「え、ほんとに？　何つながり？」

「アプリ。おれ、婚活中だから」

「まーじーでー」

「まじだよ。あ、コトちゃんって言うんだ。琴実ちゃん」

　他にも二人組の男女がいて、彼らもこっちを見ていたので、少々恥ずかしく感じたが、あまりにもあっさりとシロさんが話すので、なんてことないように見えるよう心がけた。口の端を上げ、また軽く頭を下げる。

「気をつけてね。シロさんに毒されないように」

「何だよ、毒するって」

　シロさんは笑い、その人とわたしを交互に見る。わたしは笑いを作りながら頷く。その人がまたシロさんに言う。

「っていうか、また太ったんじゃないっすか？」

「目の錯覚だよ、錯覚」

　やっぱり太ってますよね、と口を挟みたくなる。アプリ内の写真を見せて、これって別人ですよね、とも。でも当然そんなことはできず、黙っている。シロさんが話し出す。

「そういえば、ミントの展示会って結局行ったの？　おれ行ったときに、サクが『ヤナギが姿を見せない』って嘆いてたよ」

「いや、それがもう、超忙しい時期で。これ撮るのに沖縄行ってたから」

「あ、そうなんだ。四月くらいだっけ？」

「そう、四月。でもそのあとサクと会うことあったから、アトリエ行くわ、直接見せて、ってお願いしたけど、そういえばそれっきり連絡してないな」

「やばいな、それは。お詫びにあそこのコーヒー持っていかないと。あのサクの好きな店の」

「ああ、『マイル』のね。あそこ高いからなー。確かに美味しいんだけど、この値段出すなら、コンビニのでいいやって思っちゃう」

「はは。言ったら怒られそう」

　固有名詞が多く登場する会話は、いつまでも続きそうだった。わたしは壁に展示された写真に目をやる。海を撮ったものが多い。あとは植物。沖縄と言っていたけれど、確かに南国っぽい木や花が写されている。

　二人組の男女が、カメラマンの男性に近づいていき、そろそろ帰るね、と言う。

「あー、ごめんね。おかまいもせずに。またゆっくり」

「うん、また飲もうー」

「ユッコちゃんにもよろしく言っておいてね」

　ハイタッチのように、互いの指先を軽くぶつけあいながら、そんな会話を交わしている。わたしは、赤い花をアップで写した一枚の写真を、じっと見つめる。その写真が気にいって、集中して見ているのだというふうに。

「写真、どうだった？」

互いの注文した飲み物――シロさんはアイスチャイ、わたしはアイスカフェラテ――がテーブルに置かれたタイミングで、シロさんはわたしに訊ねてきた。

「よかった。写真、詳しくないから、あんまりわかんないんだけど、赤い花のとかすごく綺麗で」

「あれ、印象的な感じだよね。でも全体的に、アオタコウジっぽくない？」

「アオタコウジ？」

知らない名前だったので、そのまま繰り返すと、ほら広告の、と言う。

「わかんない？」

ごめんなさい、と知らないことを伝えると、いや謝ることじゃないよ、と笑う。よく笑う人だな、とわたしは思う。

「普通の人は、あんまり広告カメラマンとか、気にしてないのかな。大きい仕事もたくさんしてるから、きっと見たことあると思うよ」

普通の人、という言い方に違和感をおぼえつつも、どう答えていいものか迷い、そうなんだ、とだけ言った。するとシロさんは、真顔になって言った。

「アオタコウジの写真が好きなのはわかるんだけど、同じように撮っても意味ないと思うんだよね。好きだからこそ、別の角度で勝負しなきゃだめだろって。二番煎じが最初に勝てることなんてないんだから。まあ、あいつは大して勝ち負けとか気にしてないのかもしれないけど。実家が金持ちで、そこの会社手伝ってるから、写真はしょせん趣味っていうか」

口調自体は軽いままだったけれど、思いのほか辛辣《しんらつ》な言葉が続いたことに驚いた。今さっき楽しそうに笑い合っていた、仲の良さそうな二人の姿とは、異なる印象だ。仲が良いがゆえなのかもしれないが。

「そうなんですね」

わたしがそう言うと、シロさんは、あ、と口を開いたまま、わたしを見る。

「あ、敬語」

わたしが気づいて口にすると、そうそう、と笑った。

「ほんとに敬語いらないよ。おれ、専門学校行ってる十代の女の子にも、『シロさん、おなかへったから、なんか食べいこー』とか言われてんだから。超軽んじられてるよ」

専門学校行ってる十代の女の子、というのがどんな関係なのかわからないが、詳しく聞くことではないのだろう。わたしは、つい敬語出ちゃって、と答える。

「気安く接してくれていいからね。犬かなんかだと思って。シロってのも、犬っぽいでしょ。みんなに呼ばれてるから」

「白田《しろた》だからシロ、なんで……だよね？」

なんですよね、と言いかけたのを、なんだよね、と言い直した。シロさんは気づいたようで、一瞬にやりという感じで笑ったが、特にそれ以上突っ込むことはせず、答える。

「そう。おれ、自分の下の名前が好きじゃなくて、昔から」

「誠《まこと》っていい名前だと思うけどな」

フルネームが白田誠というのは、最初のメッセージに書かれていたので知った。アプリ内のプロフィールページでは、イニシャルでしか出ないので、「M・S」の表記だ。

「人によってはいいのかもしれないけどさ。おれに合ってない気がするっていうか。誠実の誠、だよ。嘘ばっかりついてるのに」

シロさんは笑うが、本気なのか冗談なのかはわかりかねた。

少なくともアプリの写真に関しては嘘だ、とまた思う。顎にも肉がつき、二重顎になっている。写真ではもっと尖ったような顎をしていた。

アイスカフェラテを飲む。コーヒーの香りがしっかりとして、牛乳の風味も濃厚だ。味に詳しいわけではないが、チェーン店のものとは違うと感じる。氷も少なめなので、冷えすぎていない。

「これ、おいしい」

わたしは言う。シロさんは、ここいいよね、と答えた。

案内してもらったのは、シロさんが前に来たことのあるというカフェだった。駅から離れちゃうけど、と言いながら、ここまで歩いてやってきた。さっきの写真展の会場と同じように、通り過ぎてしまいそうなビルに入っている店で、かなり狭い。お客さんはわたしたちの他には、女性が一人いるだけだ。「手作りジンジャーエール」と迷って、こちらを注文したが、ジンジャーエールもきっとおいしいのだろう。

店内には小さな音で女性ボーカルの曲が流れつづけている。飲み物を選んでいる際に、シロさんが、あ、なんとかだ、と、おそらくこのミュージシャン名（バンド名？）をつぶやいていたのだが、すぐに話題が変わったので、詳しくは聞けなかった。

今わたしたちがいるのは、ソファ席で、それぞれが一人掛けソファに腰かけている形なのだが、それも落ち着く。わたしのソファはダークグリーン、シロさんのソファはオレンジ。サイズも、おそらくブランドも別々のものなのだが、妙にマッチしている。

わたしは訊ねた。

「ここ、何度か来たことあるの？」

「うん、今日が三回目くらいだけどね」

「そうなんだ」

「最初、たまたま入って、ここいいな、ってなって」

「え、たまたま？」

駅から離れたこの建物の前に、たまたま来ることも、カフェがあるのだと気づくことも、実際に入ってみることも、わたしには想像できなかったので、つい気になって、繰り返した。

「いっとき、散歩にめちゃめちゃハマってて、電車で適当な駅まで行っては、そのへんを歩くっていうのを繰り返してたんだよね。去年か一昨年《おととし》かな。最近はあんまりやってないけど」

「すごい。おもしろそう」

「発見が多くておもしろかったよ。でもまあ、疲れるけど」

シロさんは笑い、また言った。

「もともと、家にあんまりこもってられないんだよね。飽きちゃうっていうか。家でやる仕事しておきながら、なんだけど」

シロさんの職業は、ｗｅｂデザイナーだ。といっても、これについても細かいことは知らない。会ったら訊ねようと思っていたが、どんなふうに聞いていいのかもわからない。

シロさんにも、こっちの職業は、詳しくは伝えていない。プロフィールに書いてあるのは、「会社員（製造業）」だけだ。特に訊ねてくる様子はない。

「コトちゃんは、休みの日って何してるの？　出かけたりしてる？」

シロさんにそう質問される。

「いや、あんまりかも。掃除洗濯したりとか、家の中のことやってるだけでも、あっというまに過ぎちゃって。昼まで寝たりっていうのもしょっちゅうだし」

「そっかー。でも、もったいないね。時間は有限だからね」

どう答えていいかわからず、ねえ、ほんとに、と曖昧な相づちを打ってしまう。

「あとは、友だちとごはん食べたり、映画観たり、買い物行ったりもするけど」

ひたすら家の中でだけ過ごしていると思われるのは不本意なので、最近の自分の行動を思い起こしながら、言う。映画を観たというのは、友さんとだったので、あまり深く突っ込まれたくないな、と言った瞬間に後悔する。でもシロさんは、映画ではなく、買い物のほうに興味を示したようだった。

「買い物って、洋服とか？」

「うん、服も」

最近は店頭に行かず、ネットショッピングで済ませてしまうことが多いのだが、出歩いているというのを強調したいがために、わたしは答える。

「どういうブランドが好きなの？」

訊ねられ、わたしはいくつかのブランド名をあげた。普段もっとも多く買っている安価なブランドではなく、一、二枚持っているだけのもの。これは嘘になってしまうだろうか、と考えつつ。

「そっかー、キレイ系な感じだよね」

「シロさんは、どういうところで服買うの？」

「ああ、おれは最近は、知り合いのブランドばっかりになっちゃってる。展示会に行くと、つい頼んじゃって」

　シロさんのTシャツの前面には、ダークブラウンのさほど大きくない文字で、「seven cats」と書かれている。七匹の猫。それがブランド名なのか、何か意味のある英単語なのかはわたしにはわからない。さっきカメラマンの男性と話していたときに、展示会の話題も出ていた。あのときのブランド名はこれだっただろうか。違う気もするが、わからない。

「コトちゃんも、よかったら今度一緒に展示会行こうよ。次は十月くらいかな。春夏物。でも、コンサバ系だと、好みと違うかな。おれが行ってるのは、カジュアルブランドばっかりだから」

「通勤にも使える服って考えると、どうしてもコンサバ系ばっかりになっちゃって。でも、展示会、行ってみたいな」

「よかった。じゃあ声かけるよ。同じ服ばっかり着るのって、人生をつまらなくするもんね」

月曜から金曜まで、会社で働いているあいだは、制服を着用する。白いシャツ、紺のベスト、紺のタイトスカート。入社以来ずっと同じものだ。それはシロさんにとっては、つまらない人生に見えるものなのだろうか、と思う。

「あ、そうだ。今日、このまま夜も平気？」

このあいだ友さんと会ったときに、夕食を一緒にとらずに、一人で帰ってしまったのは、身勝手だったかもしれないと反省していた。成実に注意されたのもあって。だから今日は、もし相手に行く気があるのなら、夕食は一緒にとろうと心に決めていた。大丈夫、と答えようとするより先に、シロさんが言った。

「友だちが近くで飲む予定あるらしいから、よかったら一緒に混ざってもいい？　三人くらいで、みんな男なんだけど。あ、もちろん、いいやつらだよ」

夕方の駅のホーム。自動販売機で買ったお茶を飲んでいる。また繰り返してる、とわたしはなんだか笑ってしまいそうになる。全然おもしろくなんてないのに。

今日の話も、成実に報告したら、晩ごはんくらいは一緒に食べなよ、と叱られてしまうだろうか。いや、何それ、なんで見知らぬ男たちとお姉ちゃんが飲まなきゃいけないの？　とわたしが恐縮するくらいの勢いで怒るかもしれない。

でも何よりもまず、顔写真がまるで違ったことを話したなら、きっと怒ってくれるだろう。詐欺だよそれ、と。

友さんと別れたあとの駅のホームでは、ベンチに座って、こんなふうにペットボトルのお茶（水だったかもしれない）を飲んだけれど、今日はベンチは埋まっている。このあいだ友さんと会ったときと同様に、あまり来ない駅だが、こっちはずいぶんと混雑している。若い人たちが多い。

成実に報告するために、会いに行ってもいいか、LINEを送りたくなってしまうが、我慢する。今日は成実の夫である浩平くんも休みのはずだ。家族三人、仲良く過ごしているだろう。昨日会ったばかりなのだ。

二歳になった凌大の誕生日プレゼントには、結局、働く車シリーズのブルーレイセットをあげた。成実は、こんなに買わなくていいのに、と言っていたが、ことちゃん、あがと、とお礼を言ってくれた凌大の姿は本当に可愛かったし、ためしに一つを再生すると、知っている車の名前をあげながら、興奮気味に見てくれていた。

赤ちゃんの頃にくらべれば、だいぶ細くなってきたけれど、それでもまだ肉づきのいいほっぺ。昨日もたくさん触れたけれど、また触れたい。次はいつ会えるだろうか。

電車がやってきたので、乗りこむ。このまま家に帰るのは、なんとなく気乗りしないが、突然連絡して会える人というのは思い浮かばない。一旦家に帰って、スーパーにでも行こうと決める。

　電車は混雑している。わたしのように一人きりで乗っている人も、もちろんそれなりにいるのだが、そうではない、楽しそうに話している人たちに、つい意識がうつってしまう。わたしの知らない人の話を、楽しそうに笑いながらしている、わたしの知らない人たち。

　シロさんもよく笑っていた。口からは固有名詞がたくさんこぼれていたが、ほとんどはわたしが聞いたことのないものだった。

　時間は有限だからね。

　人生をつまらなくするもんね。

　向けられた言葉が、少しの時間を経過させたことで、ものすごく腹立たしいものに変化していた。

　わたしがそんなに時間を無駄遣いしているように見える？

　じゃあ、制服着てる人たちは、みんなつまらない人生送ってるの？　服さえ着替えてれば、おもしろい人生なの？

　こんなふうに言って返したなら、どうなったのだろう、とシミュレーションしてみる。だけどもちろん無意味な行為だ。だってわたしはそんなふうに言い返さなかったのだし、これからメッセージで言い返すような真似もしないのだから。

　ごめんなさい、今日は帰らなきゃいけなくて、と言ったとき、シロさんは、そうなんだ、残念、とさして残念そうな様子もなく言った。LINEを交換したが、このあと、彼からまた連絡が来るのかはわからない。

シロさんはこれから、友人たちと飲むのだろう。そこでわたしのことを話したりもするだろうか。話すかもしれない。普通の人って、アオタコウジも知らないんだね、と。あんなに仲の良い様子で話していたカメラマンの男性のことを、何も知らないわたしに語ったように、わたしのことを、誰かに語るのかもしれない。

いや、でも、まったく話さない可能性ももちろん大きい。今日わたしと会ったことなんて、彼の中では、きっと些細なものだろう。毎日のように、わたしよりずっと多くの人と会っているのだろうから。アプリを通して知り合った人と会うという行為の重さも、彼はさして感じていない。おそらく。

おれ、婚活中だから。

彼の発する「婚活」は、まるで真剣さの宿らないものとして響いた。おもしろいと思って言っているだけなんじゃないだろうか。もしも真面目に恋愛や結婚を望んでいるとしたら、いきなり友人だらけのところに連れて行ったりしないし、他の女性と会っている話だってわざわざしないような気がする。

でも、それじゃあ、わたしは？

こんなふうに誰かと会って、その中の誰かと、恋愛して、やがて結婚することを、自分は本気でイメージできているのだろうか。それを望んでいるのだろうか。どれくらい強く？

　シロさんには離婚歴がある。プロフィールページに情報があったから知っている。タイミングがあれば詳細を聞きたかったが、今日はさすがに聞けなかった。意外とあっさり話してくれた可能性もあるが。

　少なくとも一度は（バツ二やバツ三ということもありえるけれど）、シロさんは誰かと結婚し、ともに暮らしていたことがあるのだ。軽い響きに聞こえた「婚活」も、わたしの「婚活」よりはずっと現実味を帯びているのかもしれない。同棲すらしたことのないわたしよりは、ずっと。

　そういえば、萌の結婚の話は、どこまで進んでいるのだろうか。食事しようと誘われたが、平日休みが多い萌とは、なかなかスケジュールの調整が合わず、いまだに約束できていない。

　まだ明るい夏の夕方に、どこまでも不安になってしまいそうな自分が怖くて、スーパーに行ったら何を買うかということに、思考を切り替えようとする。今何が食べたいのか考えてみるが、全然わからない。自分のことなのに。

5．書かれていない項目（原谷さん・29歳）

「あ、よかった」

こちらの名前を確かめたあと、そう言って、原谷《はらたに》さんは向かい合う席に腰かけた。

よかった、とは何がだろう。

表情に、その疑問が浮かんでいたのだろうか。座った原谷さんは、わたしを見ると、こう言った。

「写真とものすごく違うとか、実物は怖い雰囲気とか、そういうことがあったらどうしようかと思ってて」

小さく微笑む。言葉に納得し、わたしもよかった、と言った。今回も、前回会ったシロさんと同じく、写真と実物が大きく異なる可能性をわずかに覚悟していた。

目の前の、眼鏡をかけた男性は、写真よりもさらに柔らかい雰囲気を持っている。優しそうだし、話しやすそう。ほどよくカジュアルな、明るいデニム地の半袖シャツも、そう感じさせる一因かもしれない。一つ下の二十九歳のはずだが、もっと若くも見える。

「会うの初めてだから、やけに緊張しちゃって。琴実ちゃんは、何度か会ってる？」

テキストでは何度か目にしていたが、実際に音になって名前を呼ばれると、それはまぎれもなくわたし自身の名前なのに、新鮮な響きに感じられる。

「わたしは、三回目で」

「おー、先輩だ。いろいろ教えて」

同じように、初めて、と答えられないことに気まずさがあったが、明るく答えてくれたので、安心する。

三回目だというのは、昨夜、服装を考える際に意識していたことだ。友さん、シロさん、そして原谷さん。二度あることは三度ある、ということわざが最初に浮かび、いやいや、三度目の正直だ、と思い直した。

グレーベージュのVネックのドルマンスリーブ半袖ニットに、黒いパンツを合わせた、今日の服装は正解だったと思う。前回シロさんと会った際に、バランスが悪くて気になったのもあり、カジュアルに寄ることを意識した。あらかじめガレットのお店を指定して、お店のページのリンクを送ってくれていたのも、参考になっていた。ランチと言われただけなら、雰囲気がわからなくて、もっと別のコーデにしていただろう。

店員さんが、原谷さんの分のお水を持ってやってくる。

「あ、注文どうしよう。もう決めてる？」

「うん、なんとなく」

十分ほど前に到着していたので、メニューを見ていた。ランチはさほど種類もない。

「あ、じゃあ、先に頼んで。そのあいだに決めるから」

後でもいいよ、と言おうかと思ったが、メニューを真剣に見はじめたので、従うことにした。

「この、サーモンとアボカドのセットでお願いします」

「お、それおいしそう」

「ドリンクはどうされますか？」

原谷さんと店員さんが同時に言ったので、わたしは一瞬言葉を止める。あ、ごめん、すみません、と原谷さんが、わたしにも店員さんにも言う。

「じゃあ、紅茶をホットで」

外はまさに夏で暑くて仕方ないが、そのぶん室内は冷房も効いている。あっというまに七月だ。アイスティーと一瞬悩んだが、ホットを選んだ。

「生ハムと海老、どっちが好き？」

原谷さんがわたしに言う。

「え、どっちも」

「だよねー。じゃあ、えーと、海老ときのこで。ドリンクは同じく、ホットの紅茶でお願いします」

「かしこまりました。ドリンクは食前、食後、どちらがよろしいでしょうか？」

「食後にしようか。いい？」

わたしは頷く。きっと友さんだったら、わたしが決めることになっていただろうな、と思う。食事のメニューも、こんなにすぐは決まらなかったに違いない。そもそもお店自体も。

「二つとも食後でお願いします」

「かしこまりました」

店員さんが離れていき、原谷さんは、楽しみだな、と言ってお水を飲んだ。

「ここ、前にも来たことあるんですか？」

「なんでいきなり敬語になったんですか？」

わたしの質問に、原谷さんは笑いまじりにそう答えた。あ、とわたしが言うと、でもわかる、と言う。

「距離感つかみかねるよね。初対面だし。でも敬語じゃなくて大丈夫。もし琴実ちゃんもいやじゃなかったらだけど」

「うん、わたしは大丈夫」

「よかった」

笑顔を見せてから、あ、ここは初めて来たよ、と言う。

「そうなんだ」

店をピンポイントで指定してくれたので、てっきり何度か来ているものなのかと思っていた。わたしが意外がったのをすぐに察し、検索しまくったよ、と言う。

「そもそも俺、ガレットっていうのもよくわかってなかったもん。が、がれ？　それ食べ物？　って。もう、ネット検索しまくったよ。『ランチ　人気』とか。履歴がすごいことになってる」

「ありがとう」

「あ、でも、調べるの楽しかったから。こちらこそありがとう」

まだ食事をとってはいないが、人気店というのは納得だ。グルメサイトにおけるレビュアーの口コミ点数はそこそこ高いものだったし、土曜のお昼ということもあって、店内はかなり混雑している。

時間を決める際のメッセージでも、予約できないみたいだから、早めの十一時二十分待ち合わせでどうでしょう、と提案してくれていた。店選びといい、人との接し方に慣れているのだな、と思っていた。

「最近は全然外食してなかったし、余計に楽しみだった」

人との接し方というよりも、女の人との接し方なのかもしれない、と考える。言葉の端々に、こちらを気遣うようなそぶりがある。

なんだか楽しく過ごせそうな気がする、とふと思った。友さんにもシロさんにも、抱かなかった感情だった。

「食事、普段、どうしてるの？」

「実家帰ってからは、母親が作ってくれてるごはん食べてる。いい年して情けないけど。仕事行ってるときは、コンビニでなんか買って食べたりが多いかな。それもたまに母親がお弁当作ってくれたりするんだけど。行く工場によっては、周りに店とか何もないときもあって。そういうのがわかってれば、あらかじめ何か持っていく感じ。琴実ちゃんは？」

原谷さんの仕事は製造業だと、プロフィールで見ていた。メッセージをやりとりする中で、工場視察が多いという話も聞いていた。おそらく製造の中でも、管理的な立場なのだろうと思うが、具体的な会社名や、製造しているものについてはまだ訊ねていない。わたしも同じく製造業の会社に勤めていることは、プロフィールを見て知っているはずだが、メッセージでも、特に質問はされなかった。

彼が実家暮らしであるのも、プロフィールで見ていた情報だ。おそらく、離婚してから実家に戻ったのだろう。離婚歴があるのも既に知っていた。やりとりをする中で、前回のシロさんも同じだったことを思い出し、多少ひっかかったが、とりあえず会おう、と決めていた。その判断は間違いじゃなかった気がする、今のところ。

「わたしも、お昼も夜もコンビニってことが多いかもしれない。土日は料理したりもするんだけど、全然うまくないし」

　言い終えてから、これはマイナスだっただろうか、と思うが、間髪入れずに、コンビニのごはんおいしいよね、という言葉が返ってきた。

「俺の最近のヒットは、鶏肉の柚子《ゆず》胡椒パスタ。一時期、そればっかり食べてた。食べたことある？」

「ううん、ない。おいしそう」

「食べて。まだ売ってるはず。俺は食べ過ぎちゃって、この頃は買ってないけど。一時期、ほんと毎日のように食べてた。あ、柚子胡椒は別でついてるんだけど、七十パーくらいかけるのがちょうどいい感じ」

「七十パー」

　指定の細かさに笑うと、原谷さんも笑いながら、いやほんと、と力をこめて言う。それから思い出したように、こうも言った。

「琴実ちゃん、パスタ好き？」

「うん」

「じゃあ、今度はパスタ食べに行こうよ。実は、ここにしようかひと駅隣のイタリアンにしようか悩んだんだ。そっちもランチは予約できなくて、席数が少ない感じだったから、ここにしたんだけど。夜なら予約できるみたいだから、夜に行ってもいいし」

「行ってみたい」

答えながら、次回の約束の話を自然にしてくれたことが嬉しくなる。また会おうと思ってくれているのだ。

「でもそっか、少し遠いんだよね、家」

「いや、でも全然。妹の家、ほんとにしょっちゅう行ってるから」

わたしは言う。

原谷さんが住んでいる実家の最寄り駅は、成実の住むマンションと、同じ沿線だった。やりとりの中でそれがわかったので、どこかで会ってごはんを食べようという話が出たときに、そっちに行きます、と理由も一緒に伝えたのだ。今日も食事を終えたら、凌大の顔を見にお邪魔する予定になっている。浩平くんは友だちの結婚式の二次会についての相談があり、不在らしい。

「仲いいんだね。俺は弟しかいないんだけど、たまに会っても全然話すことないし」

「いや、わたしも前はそうで。この数年で」

凌大の話をしようとしたところで、店員さんがサラダとスープを運んできてくれる。

「こちら、週替わりのスープで、今週は空豆のポタージュとなっております。サラダのドレッシングは、特製和風ドレッシングです」

鮮やかな緑色。おいしそう、と原谷さんがつぶやく。

さっそく口に含むと、空豆の香りが広がった。柔らかな口当たり。

「おいしい」

「ほんと、おいしい」

わたしが言うと、原谷さんは、さらに強い熱を持って言った。

スプーンを置き、サラダにフォークを伸ばす。たくさんの野菜が入っていて、こっちも綺麗な彩《いろど》りだ。黄色く細長い、パプリカを選んだ。醤油がベースになっているのだろう特製和風ドレッシングには、玉ねぎのみじん切りが多く入っているのが見える。口に入れると、まろやかな甘みを感じた。

「サラダもすごくおいしい。ドレッシングが」

「え、食べてみる。……ほんとだ、おいしい」

「ガレットもすごくおいしそうだね」

「うん、楽しみになってきた」

「お店、選んでくれてありがとう」

「よかった」

原谷さんが微笑む。

　やりとりの中で、最初のほうに、原谷さん、と書いたことがあるけれど、実際に会ってからはまだ名前を口にして呼んではいない。こうして会って話していると、原谷さん、と呼ぶよりも、下の名前である、将吾《しょうご》さん、のほうが彼の雰囲気に合っている気がする。話の中で、呼べそうなタイミングがあれば、口にしてみようか。いや、でも、不自然になってしまうだろうか。

「そういえば、妹さんの家には、何がきっかけで行くようになったの？」

　訊ねられ、成実の話をしていたことを思い出す。

「あ、妹が、二年前に子どもを産んで。男の子なんだけど。その子に会いに行くのが、週末の楽しみになってて。もう完全に、伯母バカ状態なんだけど」

「え、琴実ちゃんって子ども好きなんだ？」

「うん。今はもう甥っ子を溺愛で、あんまりおもちゃとか買いすぎないように、って妹に釘さされてる」

　わたしが笑うと、原谷さんは、そうなんだ、よかった、と言った。

　よかった？　今日、出会った直後にも言われたことだった。

　そしてそのときと同じように、原谷さんは意味を説明するように、言葉を続けた。

「実は、いま」

凌大が昼寝中なので、ドアチャイムは鳴らさないでほしいとのことだったので、マンションの前で、到着したというメッセージを送る。集合玄関はオートロックになっているため、解錠手続きなしには自動ドアは開かない。すぐに、そこで待ってて、と返信が来て、数分もしないうちに、成実が現れ、言う。

「ありがとうねー」

「ううん、こちらこそ」

「ごめん、それで、今ちょっとだけ買い物行きたいから、中に入っててくれる？」

渡されたのは、何もついていない鍵だった。

「え、一人で？」

「うん、凌大は部屋でお昼寝してるから、一緒に待ってて。オムツのストック、あると思ったら切らしてて。そこまでだから、すぐ戻るね」

成実が指さしたのは、うちの近所にもあるチェーン店のドラッグストアだった。わかった、と言うなり、早足で向かっていく。

寝ているとはいえ、凌大を一人きりにしておくわけにはいかないので、わたしも早足で部屋まで向かう。成実が利用したのであろう、一階で停まっているエレベーターに乗り込み、部屋のある３のボタンを押す。一瞬がもどかしく感じられる。

解錠し、なるべく音を立てないように玄関ドアを開ける。気配は全然ない。いつもは開けることのない寝室のドアは、少しだけ開いた状態になっていた。そっと中に入る。凌大は眠っていた。お腹にだけ薄いタオルケットがかけられている。静かに眠る表情もだが、タオルケットからはみだした足が可愛い。大きくなってきているのだろうが、とはいえ、まだまだ小さい足。

ローベッドを二つくっつけていて、凌大はその片方、左側にいる。壁際には本棚とチェスト。ぱっと目についただけなのだが、悪いことをしているような気になって、部屋を出る。

洗面台で手を洗い、いつも過ごしているテーブルの近くへと移動する。座った瞬間、今日の疲れをいきなり意識させられる。普段よりたくさん歩いたせいか、ふくらはぎのあたりも少し痛む。

バッグからスマホを取り出すと、メッセージが一通来ていた。原谷さんからだ。連絡先は、帰り際に交換していた。さっき成実と連絡を取り合ったときには来ていなかったので、おそらくエレベーターの中あたりで受信していたのだろう。朝から着信音は消している。

《今日はありがとう。すごく楽しかったです。
今度はいつ会えそう？

三人でも二人でも大丈夫です。スケジュールわかったら教えてください。
妹さん親子によろしくね！》

三人でも、か。すぐに返事はできず、スマホをテーブルの上に置く。

「実は、いま、息子も一緒に実家に住んでいて。三歳になったところ」

原谷さんはそう言った。三歳。凌大よりも一つ上だ。

もしイヤじゃなければ、今度は息子も一緒に会ってほしいな、琴実ちゃんにもきっとすぐになつくと思う、とも言っていた。あの「よかった」は、わたしが子ども好きで「よかった」だった。

そのあと少ししてから、話題は切り替わり、楽しく話を続けた。時々笑ったりもした。だけど、サラダやスープがあんなにおいしく感じられた一方、さらにおいしかったであろうガレットの味の印象があまりないのは、そのことに心がとらわれていたからだろう。

子どもは欲しい。凌大を見てとても可愛いと思うし、もっと可愛がりたいとも感じる。だからこそ、成実に勧められたとはいえ、「meets」を続けているのだ。

子どもの話を、もっと聞いておくべきだったかもしれないと思う。名前も聞かなかったし、写真も見せてもらおうとはしなかった。驚きが大きすぎたので、そんな発想すら浮かばなかった。

凌大よりもいろいろとおしゃべりするのだろうか。三歳というのが具体的にどんな姿なのかは、よくわかっていない。凌大がまだ到達していない場所は、すべて未知の領域だ。何ができて、何ができないのか。何を知っていて、何を知らないのか。

自分が三歳のときの記憶というのは持っていない。一番かどうかはわからないが、古い記憶として、成実に人形をとられてしまい、腹が立って叩いたら、母親に、成実はまだ小さいんだから、とものすごく怒られた、というものがある。小さいからって何をしてもいいなんてわけがない、好きでお姉ちゃんになったわけじゃないのに、と理不尽に感じて、余計に腹立たしかった。あのとき多分、わたしは五歳くらいだろう。もっとも、その頃の記憶でさえ、かなり断片的だ。

会っているうちに、すぐになついてくれるものだろうか。母親のように思ってくれるのだろうか。

離婚理由についても聞いていない。ただ、父親側が引き取るというのは、かなり珍しいパターンだと思うので、何かしらの事情があるのだろう。女性側の浮気とか、育児ができない理由とか。

まーまあー

小さな声が聞こえて、現実に引き戻される。凌大だ。

寝室に行き、ベッドに近づいて確認すると、やはり起きている。こちらを見て、横になったまま、まーまー、とまた声を発した。さっきよりさらに小さな声だった。

「ごめんね、ママ、今お出かけしてるの。すぐ帰ってくるからね。琴ちゃんと一緒に待ってようね」

　手を伸ばし、頭をなでると、いやっ、と頭を横に振られた。強い拒否だった。

　いやっ、いやっ。こちらが何も言っていないのに、そう繰り返し、仰向けのまま背中を使ってよじ登ろうとする動きを見せる。頭がベッドのヘッド部分にぶつかってしまいそうなので、慌てて手で制し、あぶないよ、と言うと、制したわたしの手を強く払おうとし、そのまま今度はうつぶせになって、さっきよりも勢いを増して泣きはじめた。

　いーーやーー、うーうー、うーーー
　さらに何か言ったが、文字にはならないような音で、聞き取ることもできなかった。スフィンクスのような姿勢だ。息が苦しくなってしまいそうで、大丈夫、と声をかけて背中をさするも、激しく身をよじられてしまう。触られたくないようだった。手を離す。

　声をあげつづけ、泣きつづける。時おり、まー、という音が挟みこまれるが、ママ、を指しているのか、別の言葉なのか、わからない。そもそも泣いている理由も、どうすればいいのかも、まったくわからない。

　今までもぐずっている姿は何度となく目にしていたが、一時的なもので、成実があやせば静かになっていた。いつもよりもずっと泣き声が大きく感じられるのは、気のせいだろうか。ベッドに突っ伏しているとはいえ、結構な音量で、隣の部屋に聞こえないか心配になってしまう。

いーーやーーー

また身をよじりだし、手足を激しく動かす。再び仰向けになった。顔が赤くなっている。おそるおそる頬に手を伸ばすも、案の定、また振り払われた。

いや、というのは、わたしに対しての言葉なのだろうか、と思い当たる。何がだろう、と思っていたが。

「琴ちゃん、いや？」

訊ねると、いやとは言われなかったが、眉間《みけん》に皺《しわ》を寄せたまま、激しく泣いている。赤い頬に涙が流れる。ふいてあげたかったが、余計に泣かせてしまいそうで、ただ途方に暮れている。

どうしたらいいのか、どうするべきなのか、わからない。ほんの一瞬のはずが、もっと長い時間に感じられる。一体いつまで続くのか。

ガチャ、と音がして、玄関のドアが開いたのがわかった。すぐにこちらに向かってくる足音。

「えー、もう起きちゃってたんだ。ごめんごめん」

成実だった。片方の手にオムツを、もう片方の手にビニール袋を持っている。洗剤が入っているようだった。

　母親の姿を見ても、凌大はすぐには泣きやまない。音を発しつづける凌大に、成実は言う。

「抱っこするか、ジュース飲むか、どっちがいい？　抱っこか、ジュース」

　オムツとビニール袋を持ったまま、手を動かして言ってから、あ、ごめん、先に手洗ってくる、と凌大に告げた。ますます泣いてしまうのではないかと思いきや、泣く勢いは少しおさまっているようだ。

　すぐに戻ってきた手ぶらの成実が、抱っこかジュース、どっちがいい？　とまた同じ質問を向ける。凌大は、いや、と言ったが、どっちもいやなの？　と成実が訊き返すと、だっこ、する、と怒ったように言った。

「はい、抱っこするねー」

　成実は言い、凌大を抱える。抱かれた凌大とわたしの目が合う。微笑みかけたが、それには無反応だった。ただ、泣くのはやめたようだ。

　選択肢を与えればよかったのか、と思う。頭か背中触ってもいい、とか、ここかあっちでママ待ってようか、とか。思いつきもしなかった。話しかけることすら満足にできなかったのだ。

「ごめんね、うるさかったでしょ。いつもはもう少し長く寝ててくれるんだけど。最近、癇癪《かんしゃく》もひどいんだよねー」

成実が言い、わたしは、ううん、ごめん、と言った。

「え、なんで謝るの？」

成実が言う。

「いや、何もできなくて」

口にすると、余計に悲しくなった。凌大が抱っこされたまま、じゅじゅ、と言う。じゅじゅ？　成実が、はいはい今度はジュースね、と答えた。わたしはそれも聞き取ることができなかった。


「え、それは、嘘ついてるのがおかしいでしょ」

わたしの今日の話をひととおり聞いた成実は、そう言った。

「いや、嘘じゃないよ。会ってすぐに話してくれたし」

「嘘も同然だよ。だってプロフィールに書いてなかったんでしょう？　書く欄はあるんだよね？」

「うん、あるはず」

他の人のプロフィールで、子どもがいるという項目を見た記憶がある。

「もし欄がなくても、自由記入のところには書けるわけだし。書かなかったのは、その情報がマイナスになるって判断したからだと思うんだよね。会える可能性が減るんじゃないかとか」

確かに、と納得してしまう。もしも原谷さんが子どもと一緒に住んでいるとわかっていたら、わたしは「いいね！」を返していなかったかもしれない。

「みーて」

滑り台の上で凌大が言う。

「はいはい、見てるよ」

成実の言うとおり、成実は視線を凌大に合わせているのだが、わたしと話しているのが不満なのかもしれない。もう何度目かわからない滑り台を滑り終えると、ベンチに座っているこちらを見るので、拍手をすると、満足そうに階段に戻ってのぼりはじめる。また滑るようだ。よっぽど好きらしい。

「どんなに気が合ったとしても、そんな大切なことを隠蔽《いんぺい》する人とは付き合えないな」

「隠蔽って」

日常会話ではほぼ耳にすることのない強い言葉に、つい小さく笑ったが、成実は真剣な表情を崩すことなく、あくまでわたしの場合はだけどね、と付け足した。さらに言う。

「あと、これは無自覚なのかもしれないけど、子どもを盾にしているようで、それもずるさを感じる」

「盾に？」

「ごめん、盾にしているっていう言い方はふさわしくないかも。なんていうか、子どもを理由に断ることって、断る側が悪って思わせる感じがない？　さも、ひどいのは断る側であるかのような。余計な罪悪感をおぼえさせるじゃない」

凌大がまた滑り終えたので、拍手をする。数十分前まで寝室で泣き叫んでいたのとは別人のように、ご機嫌だ。すかさず階段のほうに回り込んでいく。

以前わたしが、凌大の公園遊びについて、よかったらわたしも今度一緒に行くよ、と言ったことを、成実は律儀に記憶してくれていたらしかった。なんとか泣きやみ、オレンジジュースを飲んでから、おやつのせんべいを食べている凌大の隣で、そういえばあとでパークに行く？　今日じゃなくてもいいけど、と言った。行く、と答えてから、なんでわざわざ英語で言うの、と笑うと、普通に言うと、凌大がわかって、行きたがって大騒ぎしちゃうから、と返され、日頃から些細なことに気をつけているのであろう努力を垣間《かいま》見《み》た気がした。

「この話とはずれるけど、そもそも、子ども好きじゃないっていうと、ものすごく悪人みたいに思われる風潮がいやだよね。動物もだけど、子どものほうが顕著じゃない？　嫌いっていうのも普通にありえることなのに」

成実の声には、珍しく力がこもっているように聞こえる。もしかしたら何かを思い出しているのかもしれない。

　わたしはわたしで、別のことを思い出す。原谷さんに子どもが好きか訊ねられた瞬間。あのとき、もしそうだったとしても、苦手とか嫌いとは、口に出せなかっただろう。凌大が生まれる前は、どちらかというとそちらに近かったが、それでも口に出したことはなかった。確かに、無言の圧力が存在している気はする。

「わかる。言いづらいよね」

　わたしは言った。みーて、と凌大が言い、見てるよ、と成実が答える。さっきも繰り返されたやりとり。

　滑り終えると、今度は階段にはいかず、座っている成実の前に来て、ん、と指をさす。

「はいはい、砂場ね」

　成実はバッグにくわえ、砂遊び用の道具がたくさん入ったネットを持参していた。凌大が走り出し、成実は、走らないの、ぶつかるよ、と言う。成実の家から近いこの公園には、さほど多くはないが、それでも数人の子どもと、父母らしき大人がちらほらいる。

「すぐわかるのすごいね」

「いつものパターンだから」

「でも、昼寝から起きたときも、すぐにあやせてたし」

　光景を思い出しながら、わたしは言う。もし成実が戻ってこなければ、わたしでは凌大を泣きやませることはできなかった。

「たまたまうまくいっただけ。泣きっぱなしになることもしょっちゅうだよ。最近、癇癪起こすこと多いし。多分、いわゆるイヤイヤ期ってやつなんだけど。こないだなんて、保育園に行くときに、信号が赤になったのがいやだったのか、ベビーカーの中でギャン泣き。保育園着いてからも、絶叫しつづけて、保育士さんが『お母さん、大丈夫ですから』って言ってくれたから、そのまま玄関で引き渡しちゃったけど、申し訳なくて。本当に保育園には、足を向けて寝られないよ」

言いながら、砂場に、道具を広げていく。凌大はその中からダンプカーを模した道具を手にとると、ががが一、と砂の中を進めていく。やっぱり車が好きなようだ。砂場には他に人はいない。

イヤイヤ期。なんとなく聞いたことがある言葉だった。今がそうなのか、と思う。原谷さんの息子も、まさにイヤイヤ期を迎えているのだろうか。

「まあ、まだ二年しか生きてないんだし、他人なんだから、意思疎通なんてできなくて当然とも思うんだけどね。でもやっぱり、ものすごく苛立ったりすることもしょっちゅうだよ」

「そうなの？　成実、全然怒ったりしなさそう」

「するに決まってるじゃん」

そう答えられても、怒っている様子は、あまり想像できなかった。大笑いしたり、激しく泣いたり、そういう姿を、大人になってから見た記憶がない。感情の振れ幅があまり大きくないイメージだ。いつも凪《なぎ》のような。

「でも、どうするの？　また会うの？」

質問に、わたしは、んん、と曖昧に返事をする。原谷さんのことを指しているのはわかっていた。

「悩んでる。一度子どもと会ってみてもいいかもしれない、とも思うんだけど、会ってしまうと、余計に断りにくくなるのかなって気もするし」

凌大はダンプカーにすぐに飽きてしまったのか、今度はスコップを手にした。

今日の凌大のように、目の前で思いきり泣かれたときに、うまく対処できる気はしない。普段、可愛い可愛いと言っていても、所詮外野に過ぎず、自分の能力のなさを突きつけられた気がした。

「もうとっくに想像してるかもしれないけど、もしもその原谷さんって人とうまくいって、結婚ってことになって、それからお姉ちゃんと原谷さんの子どもができたときに、二人のこと、同じように愛して育てられる？」

成実に質問され、戸惑う。

考えていなかった。原谷さんの息子と仲良くなれるだろうか、母親代わりになれるだろうか、ということばかりで、想像がそこまで発展していなかった。

わたしも子ども欲しいなあ。凌大と遊んでいるうちにしょっちゅう口に出すようになった言葉だ。実際それが、成実にアプリ登録を勧められたきっかけでもある。

だけど、自分がどのくらい本気でそう思っているのか、自分のことなのにわからない。口癖のようになっていただけで、そこにさしたる思いなんてなかったような気もしてくる。

「あ、スコップ振り回さないの。砂がとびちるよ」

成実に注意され、凌大が、やーだ、と声をあげる。あ、またぐずってしまうかも、と思ったが、成実がネットから、別の車を模した道具を渡す。はい、ミキサー車、と言いながら。凌大は持っていたスコップを投げ捨て、両手でミキサー車を受け取ると、また、ががー、と砂の中を進めていく。ためらいなく足を砂場につけているので、ズボンの膝から下が、早くも汚れている。

「わからない」

考えていなかった、とは言わなかった。そうだよね、と成実は言い、続けた。

「血がつながってるからって、無条件に愛して育てられるってもんでもないし。わたしも今、二人目を考えてるんだけど、自分でも不安。まあ、作ろうと思ったからって、できるとも限らないんだけど」

「え、二人目？」

わたしはそこに驚いてしまう。

勝手に、凌大だけが成実の子どもであるような気がしていた。完全な思い込みだ。

「単なる予定だけどね。それもざっくり」

「みーて」

凌大が言い、見てるよ、と成実が言う。ぴーっ、ぴーっ、と言いながら、凌大がミキサー車をバックさせるような動きをする。もうこんなことまでできるのだな、と思う。わたしも見ていたが、凌大はわたしをさして気にとめる様子もなく、動きを止めると、どこか得意げな様子で、成実を見た。

原谷さんへの断りのメッセージの文面を、わたしは頭の中で組み立てはじめる。

6．好きな顔の人（ユウくん・30歳）

来ない。まだ来ない。

待ち合わせ時刻は夜七時半。今は七時四十五分を回ったところ。少し早めに店に着いたので、三十分ほどここで待っている。暑さで喉が渇いていたこともあり、スライスレモンの浮かんだ氷水が、もう残り少ない。

平日だけれど、店内は混んでいる。席は八割くらい埋まっている。だいたいわたしと同じくらい、三十歳前後の人たちが多く見える。

チーズやニンニクのいい香りが、空腹に沁《し》みる。お腹がすいた。ただそれよりも、緊張のほうが勝っている。

もう一度トイレでメイクを確認しようかとも思ったが、別の席の女の人が、トイレに向かっていくのが見えた。それに、会社を出る前にも、店に入った直後にも、メイクを軽く直している。

薄くラメの入ったアイシャドウは、今日のために買った。ドラッグストアではなく、デパートで化粧品を買ったのは、久しぶりだった。ピンクゴールドにするか、モーヴピンクにするかで、さんざん悩んでしまったが、最終的には美容部員さんのアドバイスもあって、ピンクゴールドにしたのだ。今日の服装ともわりと合っているし、正解だった気がする。

くすんだピンクのブラウスは、短い袖部分だけが二重に、フリルのようになっている。甘くない、むしろシンプルな印象のフリルが気にいって、春のうちに買っていた。暑くなってから一度着ただけで、長いことクローゼットに掛けてあったのだが、薄手のグレーのマーメイドスカートと合わせてみると、思いのほか似合った。これだ、と思い、今日はそのコーディネートにしている。スカートは膝を隠す程度の長さで、黒のローヒールを履くと、バランスもちょうどいい。通勤時にも問題のない服装だった。

テーブルの上のスマホを手に取る。一度左にスワイプした二ページ目、上から二段目の左側に、「meets」のアイコンがある。鳥とハートが描かれたものだ。タップして起動させた。頭というよりも、指が記憶している。

新着お知らせはなし。メッセージもなし。わかっていた。メッセージが来れば、スマホのホーム画面にも通知が来るように設定してあるのだから。それでも、来ているのを期待していた。仕事で遅くなったけど、今向かってます、とか書かれたものが。

ユウくんのプロフィール画面をタッチする。設定されているトップ写真は、伏し目がちで、カメラに目線が合っていない。ソフトフォーカス。ここはどこなんだろう。外だというのはわかるし、半袖のTシャツなので、季節も夏だろうとわかる。後ろには木があるようだ。公園？

　何度となく見た写真を、いまだに初めて見るような気持ちで見ることができる。そして思う。やっぱり、かっこいい。

　いや、期待しすぎてはだめだ、と自分に言い聞かせる。スマホで見る数枚の写真なんて、実物とは似ても似つかない場合だって大いにありえる。シロさんのときのように。

　それに、顔が好きという理由で付き合った相手が過去に二人いたが、どちらともうまくいかなかった。

　一人とは浮気されて終わりを迎えた。もう一人とは、付き合っていると思いこんでいたのに、わたしのほうが浮気相手だったという結末だった。

　あのときは、本命の彼女から電話を受けた。さんざん罵《ののし》りの言葉を投げつけられた。驚きが大きくて、何も言い返せなかった。電話を終えたあと、悲しみと怒りと悔しさで泣きながら、今度誰かと付き合うときは、顔ではなくて性格を重視して選ぼう、と決意した。事実、そのあとで付き合った人たちは、顔の好みよりも性格が合うことを優先して選んだ。

　もっとこんなふうに言い返せたのに、と、学生時代のその電話を思い出し、苛立ちをよみがえらせる。バカみたいだと気づいて、意識を現実に戻そうと、再びスマホを見る。

「ごめんね、遅くなりました」

左側から声がして、驚きで、スマホを持つ手が少し揺れた。

顔をあげると、そこに立っていたのは、一人の男性だった。

え、どうしよう。

わたしは内心動揺するが、あやしまれないように、いえいえー、と明るい声で返す。

何を見ていたのかはバレていないようだった。安心した。

背はそんなに高くない。百七十あるかないかといったところだろうか。オーバーサイズ気味の黒い半袖Tシャツに、茶色に近い、濃いベージュのパンツ。足元はスニーカー。シンプルだ。そしてカジュアル。黒いレザー風のサコッシュをかけている。

向かいに座った彼に、すぐさま水とおしぼりが運ばれてくる。わたしにも水を注いでもらう。

「ごめんね、ほんと」

「ううん、全然。お店の場所、すぐわかった？」

「あ、それは大丈夫。仕事が遅くなっちゃって。ごめんね」

ユウくんが水を飲む。手の動きや、喉仏の動きまでもを、見つめそうになってしまい、慌ててメニューに目を落とす。カタカナが多い。先に飲み物を決めなければ。

「お酒にする？　何が好き？」

わたしは訊ねる。「meets」プロフィール欄のお酒の項目は「時々飲む」になっていた。

「最初はビールにしようかな。琴実ちゃんは？」

よく見ないと気づかないくらい、ごくわずかに首を曲げ、こちらに訊ね返してくる。琴実ちゃん、と直接名前を呼ばれたのは、当然ながら初めてであるというのに、不自然さはまるでなかった。むしろ懐かしいものとして錯覚してしまいそうなほどだった。

「うん、じゃあ、わたしも」

わたしはまたメニューに目を落とす。書いてある文字が、なかなか意味となって頭に入ってこない。わたしは動揺している。目の前に座っている男の人の顔が、ものすごく自分の好みであることに。

原谷さんに断りのメッセージを入れたあとも、「meets」で数名とやりとりしていたのだが、なかなかうまくいかなかった。

一人とは、やりとりする中で、互いの職場や家が、少し遠いことが判明した。片道一時間半以上かかってしまう。会えない距離ではないが、気軽に会おうよという感じにもならない。相手も同じことを思ったようで、それまでよりもメッセージが送られてくる頻度が減った。

一人とは、飲みに行こうという話になったものの、こちらが日にちを二つくらいあげると、どちらも予定が入っていると言い、それから連絡が途絶えてしまった。

もう一人とは、最初のメッセージにこちらから返信をしたっきり、連絡が途絶えた。不安になって何度か読み返したが、挨拶と軽い自己紹介を書いたくらいで、相手に不快な思いをさせるようなものだとは思えなかった。

連絡が途絶えた人たちに対して、課金するのがネックになったのかもしれない、と考えていたが、わたしの他にもやりとりをしている人がいて、そちらとうまくいったのかもしれない、と、あるときふと気づいた。

実際、わたしだって、同時に何人もとやりとりをしているのだから、相手である男性だって同じことだ。考えればすぐにわかる。むしろそれを考えていなかったほうがおかしいのかもしれない。

「meets」は恋人探しを目的として登録している人が多い。特に男性の場合は、アプリ内でメッセージのやりとりをするためには、課金する必要があるから、気の合わない、会う見込みのない人とメッセージを送り合うのは、時間もお金も無駄になるだろう。

以前会ったシロさんからは、何度かLINEで連絡が来ていた。いずれも飲みの誘いだったのだが、会いたいという気にはなれなかった。むしろ、会ったときに彼が話していたことを思い出し、行き場のない不快感をおぼえたりもした。写真と実物の大きな違いも、やはり引っかかるポイントだった。やんわり断っているうちに、何かを察したのか、そのうちに連絡は来なくなった。

　いつからか、夜にベッドで「meets」を見るのが日課のようになっていた。睡眠前にスマホを見るのは、目や脳にとってよくないというのは、あらゆるところで目にするし、事実そうなのだろうとも思うが、スマホを手放せずにいる。「meets」の前は、ショッピングサイトをよく見ていた。

　基本的には、わたしに対して「いいね！」をつけてくれた相手のプロフィールページを見に行き、悪くないと思ったら、「いいね！」を返すようにしている。自分から「いいね！」を押すことはそんなにない。

　でも、あの夜。ユウくんのページを見たわたしは、何かを思うよりも先に、「いいね！」を押していた。

　プロフィールには二枚の写真がアップされていた。一枚は外で撮影された、伏し目がちのもの。これを見た瞬間に押していた。それから二枚目を確認すると、そちらは誰かの部屋で撮ったもののようだった。片手を高く上げ、ピースしている。顔は少し笑っている。そっちの写真もよかった。

　好きな顔だ、と思った。

目がくりっとしていて、かっこいいというよりも、可愛い感じ。プロフィールによると、年齢はわたしと同じ三十歳とのことだったが、大学生くらいに見えた。眉毛と目のあいだくらいの長さの前髪を、片方の眉の上で分けるようにしている。その髪型も含めて好みだった。

中学時代に好きだった、一学年上の先輩のことを、ものすごく久しぶりに思い出した。好きだったとはいっても、一方的に見ていただけだ。バスケットボール部に所属していて、校内にはファンクラブがあった。ファンクラブの人しか話すことを許されていないという謎のルールがあり、ばかばかしく思ってファンクラブには入っていなかったが、たまに廊下や玄関で見かけると、ドキドキした。その先輩に少しだけ似ている気がした。

プロフィールにはあまり情報は記入されていなかった。名前は「Y・I」。住所は東京都。職業は「会社員（その他）」。酒は時々飲む。自己紹介メッセージは「よろしくお願いします」のみ。

他の多くの人が記入している、誕生日も身長も婚姻歴も書かれていない。コミュニティにも何も入っていない。それでもやはり、顔がいいからなのか、つけられている「いいね！」の数は、百を超えていた。その中には、わたしが今つけた一も入っている。

最終ログインは十二時間以内。昼休みにでもログインしたのだろうか。

しばらく写真やプロフィールを見ていたが、情報が少ないため、すぐに見終えてしまう。また別の人のページを見はじめたのだが、頭には「Y・I」さんのことが残っていた。

　翌日の昼休みに、スマホを確認した際、「meets」から、新たな「いいね！」があるという通知があった。見てみると、三件ほどの中に、「Y・I」さんからのものがあった。

　メッセージを送らなくては、と思った。いつもなら相手のプロフィールから、何か一つくらい情報を取り入れて、送るようにしている。映画が趣味だという人には、最近のお勧めの映画があれば教えてください、とか。旅行が趣味だという人には、わたしも旅行が好きなんです、とか。

　けれどそうしたことは何も書きようがなかった。わたしも会社員です、はあまりにも広すぎる。年齢が同じだというのも、さほど盛り上がるようなことではないだろう。

　昼休みをめいっぱい使って考えた結果、軽い挨拶と、いろいろお話しできたら嬉しいです、という内容の、短い文面になった。挨拶内での名前はフルネームを書くか、最後まで悩んだが、下の名前だけを漢字で記した。成実に相談したかったが、気恥ずかしいし、早く送らなければと焦っていた。他にやりとりしている誰かと、うまくいってしまう前に。そもそもやりとりしているかも、もちろんわからなかったが、焦りだけが生まれた。

返信は夜遅くに来た。部屋で思わず、きた、と声をあげ、緊張しながら中身をチェックした自分は、まるで中学生のようだった。

わたしが送ったものよりも、さらに短い文面だった。

「メッセージありがとう。祐介《ゆうすけ》です。よろしくね。普段はどのあたりで飲んでるの？」

何度も読み返した。会えるのかもしれない、と思うと、それだけで緊張した。

わたしは返信を考えはじめた。そろそろ眠る時間だったが、どうでもよかった。

やりとりの中で、会社と自宅の場所を、それぞれ最寄りの駅名で伝えると、俺の会社も同じ駅、と返信があった。

会社が多いエリアなので、そんなに不思議ではないのかもしれないが、運命という単語がよぎった。平日、互いの仕事帰りに軽く飲もうということで、話はすぐにまとまった。お店を知っているか訊ねられたので、すぐさま検索し、雰囲気がよさそうで、ロコミ点数の高い店をいくつかリストアップした。

ピッツェリアを選んだのはユウくんだった。ピザ好きなんだよね、と添えられていた理由も、可愛らしく感じた。わたしが予約し、今日を迎えた。

初めて入る店だったが、頼んだ二枚のピザはどちらもおいしい。トマトソースベースのものと、チーズとオイルベースのものだ。そしておいしいことにくわえて、ユウくんが、うまいね、と嬉しそうに言うことが嬉しい。

「そういえば、会社って、どっち側にあるの？」

「ここからだと、ちょっとあるかな。歩いて十五分くらい」

「どっち方向？」

「なんて言えばいいんだろうな。ごめん、俺、方向音痴で、道案内も下手くそで」

　ユウくんは笑う。その表情に、いちいちにやけてしまいそうになるのを、ぐっとこらえる。方向音痴さえ、プラス要素にカウントしてしまいそうだった。

「駅の反対？　南口のほう？」

「うん、そう、南口」

「えー、わたしの会社もだよ。ものすごく近かったりして」

　リストアップする際に、北口の店ばかり選んだ。同じ会社の人に会う可能性を低くしたかったからだ。そうそう会社の人が来るとは思えないが、まるっきりありえないというわけではない。結果として、ユウくんにとってもプラスだったなら、よかった。

「そうなんだ。すごい、偶然。すれ違ってたりするのかな」

　すれ違ったことがあったなら、わかったと思う。確実に、あ、好きな顔の人がいる、と思っただろうから。だからおそらくすれ違ったことはないが、もちろん口に出さない。気持ち悪いと思われてしまう。

「何の会社なの？」

　わたしは訊ねた。プロフィール上の業種は「その他」となっていた。近くにある大企業をいくつか思い浮かべる。

「説明難しいんだよね。琴実ちゃんはどういう会社なんだっけ？」

「うちは日用品メーカー。台所の洗剤とか作ってるよ」

　わたしは、もっとも有名な自社製品の名前をあげた。ユウくんが、聞いたことある、と頷く。

「そこで事務やってるの」

「そうなんだ。すごいね」

「全然すごくないよ」

　わたしは答える。謙遜ではなく、本心だった。たとえばわたしが突然退社したとしても、数日は困るだろうが、あとはなんとかなっていく。わたしではない誰かが、わたしの今やっている仕事をこなしていく。

　今すぐ辞めてしまいたいほど、仕事に不満があるわけではないが、一生働きたいという思いもない。給料はそんなに高いわけではないから、もしも結婚せずに一人で暮らしていくのだとしたら、人生設計を本気で考え直さなければいけない。

　普段、時々よぎっては、そのたびに目をそらしている思いだった。恋愛のことも結婚のことも仕事のことも、どれもしっかりと向き合えず、逃げてばかりいる。

「すごいじゃん」

　ユウくんは繰り返す。わたしのことをまっすぐに見つめて。そんなことないよ、とまた否定しようとしたが、照れてしまい、ありがとう、と下を向いた。話を戻す。

「ユウくんは？　どういう仕事？」

「いろいろ作ってるんだけど、なんだろうな。多いのは、医療関係かな。聴診器とか」

「え、そうなの？　それを作ってるの？」

「うん。あ、俺は作ってないよ。持っていく人」

「営業ってこと？」

「うん。そう。営業」

　意外だった。カジュアルな格好は、営業職に似つかわしくない。

「私服でいいんだね」

　思わずそう口にすると、ユウくんは、自分の服を確認するように見てから、ああ、今日はね、と言った。

「今日は私服でいい日だったから。日によるんだ」

「そうなんだ」

　わたしは答える。

「琴実ちゃんは、土日休み？」

「うん、だいたいカレンダー通り。ユウくんは？」

「俺もそんな感じ」

「夏休みももう決まってるの？」

もう七月も後半にさしかかった。時間の速度に驚くが、働き出してから、毎年こんなふうに思っている気もする。暑いのは早く終わってほしいが、また歳を重ねていくのは憂鬱《ゆううつ》だ。

「まあ、お盆前後かな。琴実ちゃんは？」

「うちも。でも何しようか全然決めてなくて。実家には帰るつもりだけど」

「実家、遠いの？」

「ううん、そんなこともないよ」

わたしは実家の大まかな場所を伝える。ああ、じゃあすぐだね、とユウくんは言う。都内から電車で一時間くらいだ。

「夏休み、俺も何するか決めてないから、よかったら遊ぼうよ。あ、琴実ちゃんが大丈夫なら、だけど」

「え、いいの？」

わたしは言う。

「こちらこそ、いい？」

ユウくんは答え、顔をくしゃっとさせるようにして笑う。鼻のあたりに寄った皺さえ、素敵だと思った。

これは、付き合う方向に進んでいるということなのだろうか。

突然降って湧いたような幸運に、どこか信じられない気持ちになる。こんなに好みの顔の人と、こうして一緒にごはんを食べて、話しているだけでも、ものすごいことなのではないだろうか。しかも会社も近くだなんて。なんて奇跡なんだろう。

顔で選んではダメだ、と思う一方で、やはり好みの顔を見ると、嬉しくなってしまう。顔が好みで、性格だっていいってこともありえるんじゃないか、と思ってしまう。期待が膨らんでいく。

「楽しみにしてるね。また相談しよ。あ、そういえば、ユウくんって、家はどのあたりなの？」

ずっと聞きたかった、会ったら聞こうと思っていたことだった。ユウくんの口から、すぐに駅名が返ってくる。さすがに、自宅の最寄り駅まで同じという奇跡は起きなかった。

ユウくんが告げた駅名は、高級住宅街のエリアだ。わたしはさらに聞く。

「実家なの？」

「ううん、違うよ。シェアハウス。今は五人かな。結構入れ替わったりしてるけど」

「え、シェアハウス？」

聞いたことはもちろんあるが、実際に住んでいる人に会うのは初めてだ。

「そうなんだ。同居人以外を家に連れてくるのが禁止だから、案内できなくて残念なんだけど。琴実ちゃんは一人暮らし？」

「うん」

正直に答えながら、今日もしも、わたしの家に行きたいと言われたらどうしよう、と思う。部屋は片付いていただろうか。数分待ってもらえば大丈夫かもしれない。いや、でもさすがに、初めて会って、すぐに家に来るのをオーケーするのは、軽い印象になってしまうかもしれない。かといって断ると、拒否しているように思われてしまうだろうか。そうではないのに。

「どうしよう、次、ワインにしようかな。ワインは飲める？」

ユウくんはメニューを手に取り、飲むものを悩んでいるようだった。勝手に想像を広げている自分が恥ずかしくなる。冷静にならなければ。もう三十代だ。遊んでいる場合でもないし、いちいち舞いあがったり、焦ったりしている場合でもない。クールに。

「うん、少しなら」

そう答えた。なるべく顔を見ないようにしながら。

「まいったな、ほんとにないや」

ユウくんはそう言い、再びサコッシュの中を確かめようとする。ただ、そこにはさほどスペースがないので、見落としているのではなく、やはり存在していない可能性のほうが大きい気がする。

「いつ使ったの？」

「いつだろう。電車乗ったときは、これだったし。家に置いてきちゃったのかな」

片手に持っている茶色のパスケースを、少しだけこちらに見せるように上げて、そう言う。

「会社では？　お昼ごはんのときとか」

「あ、会社か。会社ね。でもそれも、これで支払ったから」

またパスケースを持っている手を軽く上げる。確かにコンビニくらいなら、ＩＣカードで支払うことも多いだろう。わたしもそうだ。

「今日はいいよ。わたしがおごるね」

わたしは、ないなー、と繰り返しながら、財布を探しているユウくんに向かって言う。

「いや、それは悪いよ、さすがに」

「いいよ」

「でも悪いって」

「大丈夫だよ」

「えー、ごめん。ほんっとごめん。情けない」

「気にしないで」

わたしは言う。こちらに向かって両手を合わせるユウくんの顔が、赤らんでいる。わたしも少し酔っぱらっている。自分では気づかないが、赤くなっているかもしれない。

「じゃあ、今度払う。ごめん。立て替えてもらうってことで」

今度、という言葉が、自然に出てきたことに嬉しくなる。わたしたちには、今度、があるのだ。

ゆるみそうな口元を、少し引き締めながら答えた。

「うん、いいよ」

「ごめんね。ちょっと、トイレ行ってくる」

数度目の謝罪の言葉を口にしてから、ユウくんがトイレへと向かう。わたしは伝票で会計額を確認し、カードで支払うため、店員さんに向かって手をあげる。

カードを入れた銀のお皿を店員さんに手渡したときに、テーブルの上に置かれていた、茶色のパスケースに目がとまる。たった今、ユウくんが置いていったものだ。ICカードの表が見えるようにおさまっていて、表には、文字が印刷されている。定期らしい。

並んでいる文字のうち、大きく書かれているのは、定期の駅区間名だ。下には定期の有効期限を表す日付、さらに下に小さく書かれているのは、名前。

珍しいものじゃない。わたしだって持っている。

ただ、目が離せなくなる。店員さんが立ち去ったあとも、わたしはそれを見つめてしまう。それから、ユウくんが向かった、トイレの方向に視線を動かす。ユウくんはもうトイレに入ったようだ。きっとまたすぐに現れるだろう。わたしの好きな顔の人が、向こう側から。

ドアを閉めた瞬間に、後ろから抱きしめられる。

想定していたはずなのに、それでもやはり、鼓動が速くなるのが自分でもわかる。あたたかさと重み。

「かわいい」

耳元でささやかれる。

いつぶりだろう、と考える。ラブホテルに来たのは。陽一と行ったのが最後なのは間違いないが、それがいつ、どこでのことなのかは、思い出せない。旅先だったかもしれない。あるいはどこかで飲みすぎたタイミングだったかもしれない。わからない。

わたしを抱きしめる腕の位置が、胸からお腹あたりに下がる。ブラウスの中から入った手が、腰をなぞった瞬間に、少し声が出た。

「かわいい」

また耳元でささやかれる。さっきよりも息遣いを強く感じる。

「部屋、入ろ」

わたしは言い、靴を脱ぐ。少しだけ解放感があった。

振り向くと、またそのまま抱きしめられた。今度はわたしの顔が、ユウくんの首のあたりにくる。そのまま首筋に唇で触れた。少し汗ばんでいる。

「ごめんね、汗くさいよ」

「くさくないよ」

わたしは言い、もう一度唇で触れる。

まさかユウくんと、こんなふうになるなんて。

だけど間違いなく、わたしが自分で選んだ結果だった。

琴実ちゃんの部屋、行ってもいい？

そうユウくんに訊ねられたとき、散らかってるし無理だよ、とすぐに断った。断るのが正しい、と判断できた。初めて会った相手と、そんなふうになりたくて、マッチングアプリを始めたわけではない。

だけどその後、全然正しい判断ができていない。じゃあもう少しどこかで飲もうよと言われたときも、電車を途中の駅で降りたときも、コンビニで飲み物を買ったときも、ホテルに入っていくときも、断ったり帰ったりするのは、とても簡単なことだったのに。

つないでいる手を、離したくないと思ったのは、まぎれもなくわたしだ。好きな顔の人の手を。この手で触れられることを望んでいたのは、わたしだ。

アルコールのせいにできるほど、たくさん飲んだわけじゃない。自分自身の選択だった。

ユウくんがわたしを抱きしめた姿勢のままで進み、コンビニの袋をテーブルの上に置く。缶ビール一本、缶チューハイ二本、おつまみ少し。どれもユウくんがＩＣカードで会計を済ませてくれたものだった。

けれどどう考えても、このホテル代は、わたしが支払うことになるだろう。そもそも明日は仕事だ。宿泊していくとしたら、朝何時に出ることになるのか。ユウくんは一緒に出るのだろうか。わたしたちは、これからもまた何度も会えるのか。

少し前に見たばかりの、定期が頭をよぎる。

肩をつかまれる。好きな顔が近づいてきて、慌てて目を閉じる。ユウくんの唇が、わたしの唇に触れる。柔らかくて、あたたかい。今は何も考えたくなかった。ただ、この感触だけを。

「かんぱーい」

それぞれ生ビールの入ったグラスを持ち上げて近づけると、軽く音を立てた。

「ほんっと久しぶりだよね。いつ以来？」

萌の質問に、すぐに答えることができた。

「お正月終わったあたりだよね、前に会ったの」

「え、もう半年も経ってるってことか。こんなに会わなかったの、久しぶりだよね」

「確かに」

「昔はほぼ毎日会ってたもんね、七階で」

萌は言い、笑う。七階は、わたしが今も働いているフロアだ。

萌は、会社の一つ下の後輩だった。担当する仕事は微妙に異なっていたし、仕事内容を教える人は他にいたのだが、歳が近かったので、休み時間などに話すことが多く、その流れで、退勤後に食事や飲みに行ったりすることもあった。

「でも、萌が九州にいるときは、全然会えなかったよね」

「そうだよね。ホームシックやばかったよ。今となっては楽しかった気もするけど」

萌は一年半ほど勤めてから、退社した。もともとインテリア関係の仕事につくことが夢で、独学で資格をとったりもしていた。新卒入社はかなわなかったが、全国展開しているインテリアチェーンの店舗に中途入社できることがきまったからだ。入社して早々、九州の店舗に配属となったときには、泣きながら電話をしてきた。

「仕事、どう？」

「相変わらず。こないだも上司との面談があって、本部希望ってこと伝えたけど、『希望者が多いからねー』って流されて、あとは雑談して終わり。もうずっとこのままかもと思えてきた。店舗は店舗で、楽しいこともあるんだけどね。顔馴染みのお客さんも結構いるし」

　本部で商品開発に携わるのが希望らしいが、確かに素人から見ても、店舗勤務は萌に合っているように思えてしまう。丸顔で人懐っこい雰囲気を持っていて、話しやすい。

　後輩だったときは、当然萌は敬語を使っていて、退社を機にそれをやめてもらったのだが、今となっては、敬語を使っていた時代が不自然に思える。学生時代からの同級生とか、幼馴染とか、そんな関係ではなかったかと錯覚させられそうだ。

「でもどうするの？　結婚しても、仕事は変わらず？」

　店員さんが、揚げ出し豆腐やだし巻き玉子、シーザーサラダといった、わたしたちがオーダーした料理を運んできてくれる。そう広くないテーブルの上にうまくおさまるように並べてくれた店員さんが、少し離れてから、萌が言った。

「実は、結婚、なしになったんだ」

「えっ」

自分でも意外なほど、大きな驚きの声が出てしまった。萌が、大きすぎ、と笑う。慌てて周囲を見渡すが、みんな自分たちの話に夢中なようで、こちらを気にかける様子は特になかった。

「なんで？」

「すごく簡単に言うと、相手の借金が発覚して。カード会社から借りまくってた」

「借金？」

「そう。スマホゲームの課金。全部で百万以上」

「えっ」

金額の大きさにも、理由にも、戸惑ってしまう。

萌の彼氏には、一度だけ会ったことがあった。萌と食事をした際に、たまたま彼も近くにいるということで、帰り際に合流したのだった。

そう長い時間話したわけではなかったが、優しそうで、萌のことを大切に思っていそうなのが伝わってきたので、安心していた。萌の前の彼氏は浮気性で、それが理由で別れたのだが、身体を壊してしまうのではないかと心配になるほど、落ち込んだ日々を送っていた。今の恋人にはそういった気配はなさそうだった。

けれど、借金。そんなふうにはまったく見えなかったのに。

「しかも、それがわかったのが、お互いの親と顔合わせとして食事会をするってなってた二日前で。プロポーズもしてもらって、これから結婚式について考えていこう、指輪もどうしよう、なんて幸せな考えにひたってたときだったから、余計に信じられなくて。彼の部屋で、明細見つけちゃったんだけど、二度見どころか、十度見くらいした」

　笑いながら話しているが、かなり深刻な事態だったはずだ。わたしの口からは、ええ、という言葉しか出てこない。

「彼はとにかく平謝りで、土下座までしてた。絶対にもうしないって。でも、このままスムーズに結婚ってわけにもいかないから、あらかじめ彼と決めて、顔合わせの食事会でも、彼のほうから話して謝ってもらったの。そしたら向こうのお父さんが、『またか』って怒りはじめちゃって」

「え、『またか』ってことは？」

「そう。初めてじゃなかったんだよ。今までにも二回、こういうことがあったんだって。一回目は大学時代で、二回目は就職してすぐの頃。どっちも結局、向こうの両親が肩代わりしたらしいの」

「三回目だったんだ……」

「そう。もう、食事会どころじゃないよね。地獄だよ、地獄」

　変わらずに笑っているが、想像すると、本当に地獄だと思った。

「萌のご両親はなんて？」

「その場ではもう何も言えずに、話し合って、また連絡して、って。で、そのあと一旦、彼とまた二人きりで話して、いろいろ聞いたの。どうしてそんなふうに課金してしまうのかとか」

「うん」

「ゲームがね、ものすごく好きってわけでもないんだって。ただ、仕事が忙しいときとか、ストレスがたまっているときに、思わず課金しちゃうんだって。それによってランキングが上がったり、レアアイテムが手に入ったのを確認すると、すうっとするって。普段から確かに、スマホでゲームやったりしてるなあとは思ってたんだけど、まさかそんなふうに課金してるなんて、思いもよらなかった」

そこまで言うと萌が、残っていたビールを飲み干し、テーブルの上の呼び出しボタンを押す。わたしも慌ててビールを飲み干した。やってきた店員さんに、萌はまたビールを、わたしはレモンサワーを注文した。

「病気っぽいね」

店員さんが離れてからわたしが言うと、萌は、そうなの、と力をこめるようにして言った。

「学生時代っていうのも、卒論で大変だった時期で、就職してすぐの頃も、希望の部署への配属がかなわなかったときだったらしくて。最近は、かかわってるプロジェクトがあるんだけど、そこで人間関係がうまくいってないみたいなんだよね。たまに話聞いたりはしてたんだけど、彼も別に、話したがるようなタイプじゃないから、そこまで深刻にとらえてなかった」

「いや、でも、それは萌のせいではないよね」

「もちろんそうなんだけど、普段からわたしと喧嘩することもあったし、そういうストレスの蓄積も、まあ、無関係ではないんだろうなあって」

「でも、それが理由になるのはおかしいよ」

「うん、もちろん向こうもそうは言ってないし、あくまでも本人の問題なんだっていうのもわかってるつもり。ただ話し合ううちに、一旦は、許そうかな、と思ったの」

「えっ」

さっきほどではなかったが、やはり大きな声が出た。萌は、やっぱりそうなるよね、と言って笑った。また話しはじめる。

「もう二年以上付き合ってるし、いいところも当然、たくさん見てきたし。本気で反省してるのも伝わってきたから、改めて信じてみてもいいのかもしれない、って。でも」

飲み物がすぐに運ばれてくる。二杯目のビールを飲んでから、萌が話を再開する。

「お母さんに電話で話したら、泣かれちゃって。『わざわざ苦労するかもしれない道に進んでほしくない』って。顔合わせのときには、あくまでも二人で話して決めなさいってことを言ってたけど、やっぱり本心としては、別れてほしいって思ったんだなあって、そこで気づいて」

「そうなんだ」

母親になったことはないけれど、気持ちは理解できるような気がした。自分の子どもにあえてつらい思いをしてほしくないし、そうした可能性があるなら避けてほしいと考えるのは、自然な流れだ。

「考えて、やっぱり別れたほうがいいな、って結論になって、彼にも伝えて。もうさすがに覚悟してたみたいで、わかった、って。それが半月くらい前かな。一ヶ月のあいだに、いろいろなことが起きすぎて、頭パンクしそうだったよ」

「いや、ほんとだよ。ドラマになるよね」

「なるなる。ドラマ化してほしいよ、いっそ」

笑ってから、萌が真顔になり、こう言った。

「でも、わたし、考えたんだ。もしこれがたとえば、二十代前半のときだったら、多分、それでも結婚してたと思う。自分が好きって思う気持ちが最強だったし、それがすべてだったから。だけど、もう、そんなふうに走ったりはできないんだよね」

そんなふうに走ったりはできないんだよね。

寂しげでもあったし、悟っているようにも響いた。萌はさらに言う。

「お母さんに、『結婚相手っていうのはチームメイトなんだから、きちんと信頼できる人を選ばないとダメよ』とも言われて。信頼と好意って、イコールじゃないんだな、って改めて思った」

会ったことのない萌のお母さんの言葉は、わたしの胸にも突き刺さる。信頼。わたしもそこをないがしろにしていた。三日前だって。

「ああ、やっと話せてスッキリした。ね、琴実は？　最近どう？」

「いや、もう少し、萌の話聞かせてよ。わたしは全然何もないし」

「えー、全然ってことないでしょ」

「ううん、全然だよ」

本当は今日会ったら話すつもりでいた。ユウくんについて。

マッチングアプリで知り合った、好きな顔の男の人が、疑わしい言動ばかりだったこと。営業仕事なのにカジュアルな私服でやってきて、会社の場所についてもはぐらかしてばかりいたこと。

帰宅してから、聴診器を作っている会社について調べたのだが、少なくとも、わたしの会社の近くでは見つけられなかった。もちろん、検索の仕方が悪かっただけかもしれない。

だけど、ちらりと見えた、定期に表示されていた二つの駅名については、納得のいく説明がつかない。

二つの駅名のどちらも、わたしたちが会っていた駅ではなかったし、ユウくんの自宅があると言っていた場所でもなかった。シェアハウスというのも、家に行きたいと言い出されるのを防ぐ口実なのかもしれないと思った。

そして何よりも、名前。

定期に印刷されていた名前は、イシダユウヤ、だった。わたしに対して名乗っていたのは、石橋《いしばし》祐介《ゆうすけ》。微妙に似ている。けれど似て非なるものだ。

ラブホテルで、LINEを交換しようと言ったが、教えてくれたのは、パソコンのメールアドレスだけだった。ユウくんは、俺LINEやってないんだよね、個人情報の取り扱いとかなんか怖くて、と言って笑っていた。それなのに、マッチングアプリには登録するのだ。

ホテルは早朝に一緒に出た。ユウくんから手をつないできた。ホテルに入ったときと同じように。あたたかくて、幸福だった。眠気と疲労があったし、これから出勤だということを考えると、一秒でも早く家に帰りたかったが、それでも駅までの道が、もっと長くなることを願った。

触れている瞬間は、信じられた。定期の駅名も名前も、何かしら理由があるのかもしれないと思いすらした。

けれど、ユウくんは電車に乗らなかった。少なくともわたしと一緒には。駅前に着くと、ちょっとコンビニで買い物してから帰るから、と言った。え、わたしも行くよ、と答えたのだが、いや、いいよ、と言われてしまった。行くよ、ともう一度言ったが、いや、いいって、と繰り返されて、引き下がらざるをえなかった。

メールを送ろうか、悩んでいた。送ったらまた返事がもらえるかもしれない。また会えるかもしれない。また触れられるかもしれない。けれど、萌や、萌のお母さんの言うとおりだ。そんなふうに走ったりはできないし、信頼できる人を選ばないといけない。もう、大人なのだから。

もう話さなくていいや、と思う。忘れよう。忘れるしかない。

「会社に伝えてなくてよかった、と思ったよ。親以外は、本当に琴実くらいだから。付き合ってたことを知ってた人はたくさんいるけど、恋人として別れるのと、結婚直前に別れるのって、印象もかなり変わるよね」

「確かに、それはそうかも」

萌の言葉に同意してから、レモンサワーを飲んだ。苦みと酸味が、口に広がる。

7. 傷んでいく

しょっちゅうここに来ているな、と、最寄り駅からマンションまでの道のりを歩きながら思う。もはや目を閉じていてもたどり着けるのではないかとも。

それにしても、今日も暑い。念入りに塗った、ＳＰＦが高い日焼け止めなんて簡単に突き抜けてしまいそうな、力強い日射しが全身に食い込む。

真夏になってしまった。

もう八月だ。暑さを感じていたのはしばらく前からだが、改めて日付を思い、代わり映えのしない自分の日常を考えて落ち込む。夏休みはもう来週に迫っているというのに、予定は何もない。

高校時代の同級生たちで集まって飲み会をしようという話が出ていたが、なかなか日程を決められなかった。みんなそれぞれに、仕事、とか、義実家に帰省しなきゃいけなくて、とか、子どもと水族館に行く予定があって、とかいうメッセージを送り合う中、どの日になったとしても行けそうな自分が恥ずかしくて、黙っていた。結局、また今度にしよう、ということになった。

空いている人だけでも飲もうよ、と熱心に言う子もいたのだが、あいにく、あまり親しくはない。もともと友だちの友だち程度の関係だ。個別にメッセージを送るほどの仲ではなかった。ただこんなふうに、飲みたいよー、と動くスタンプも一緒につけて送れる彼女は、黙っている自分よりもよっぽど、スケジュールが埋まっていくだろうなと思えた。

学生時代や二十代の頃というのは、あまり意識していなくても、頻繁に何かの誘いが入っていた。ちょっとしたイベントめいた集まりとか、飲み会とか。誰かが連れてきた別の誰かが、新たに友人となり、そこから人間関係が広がるようなこともあった。

転勤や結婚や出産を機に、いつのまにかメンバーが減っていき、気づけば飲み会はあまり開催されなくなった。いや、開催されていても、わたしに声がかからなくなっただけなのかもしれない。

自分はそれなりに友だちがいるようなつもりでいたが、そんなことはなかったのだという気になる。来週の夏休みに会えそうな友だちを考えてみても、ちっとも思いつかなかった。

萌とはまた近いうちに食事しようと話しているが、具体的な日程は未定だ。気づくと前回のように、あっというまに数ヶ月が過ぎてしまうのかもしれない。

道を曲がる。凌大より少し大きい、四、五歳くらいに見える男の子と、その母親らしき女性が、こちらに向かって歩いてくる。

「えー、じゃあさあ、絶対絶対買ってくれる？」

「うん、買うって。向こう行ってからね」

「絶対絶対絶対？　絶対絶対絶対絶対絶対？」

「わかったってば」

男の子が力をこめて同じフレーズを繰り返す。女性は少しウンザリしているようだったが、可愛らしさに笑ってしまいそうになる。凌大もあんなふうになるのだろうか。まだつたないしゃべりをする今の姿からはうまく思い浮かべられない。

あんなに「絶対」を繰り返すほど欲しいものって、なんなのだろう。男の子は走り出し、女性が、走らないの、危ないよ、と言いながら追いかけていき、あっというまに姿が見えなくなってしまう。

建物によってできていた日陰から、何もさえぎるもののない日なたに足を踏み出す。日射しがさらに強く感じられた。

片手で袋を持ち直す。袋にはいくつかの桃と、瓶入りの百パーセントりんごジュースが入っているので、かなり重い。ここに来るまでの乗り換え駅で購入した。果物を売っているお店なんて、今までは意識していなかったが、成実に、おみやげなら果物がいい、と言われてからは、時々足を運ぶようになった。最近では、成実宅に行くわけではないときでも、果物を売っているお店を見かけると、成実と凌大のことが自然と思い出されるし、果物の旬を気にするようにもなった。同じ風景であっても、自分の意識が少し変わっただけで、まるで違うものとなる。

　桃は多めに買った。自分用にも持ち帰ろうと思っている。邪道なのかもしれないが、少し冷凍してから食べるのが好きだ。皮もむきやすくなるし。

　実家にいるときは、よく果物を食べていたな、と、一人暮らしをするようになってから意識した。それまでは何も思わずに食べていた。りんごも梨も、皮をむいて切ったものがタッパーに入っていることが多かったが、母親がわざわざやってくれていたのだということを、当時はちっとも考えていなかった。

　一人暮らしをするようになってから、親のありがたみがわかるという話があるが、料理は最たる例だ。

　毎日何皿も並べられたおかずを、特に何も思わずに、感想も伝えずに、ただ食べていた。父とわたしと妹の食の好みは異なる。父の好きな魚料理が続いたら、また魚、なんて文句まで言っていたが、今考えると、深く謝りたいくらいだ。もっとも、実際に会っても、謝るなんて恥ずかしくてできないが。

　土曜日だった昨日は、久しぶりに包丁を手にした。

昼過ぎまで二度寝してしまい、このままだとまた一日が無駄になってしまうような気がした。思いついたのは、冷凍できる料理を作り置きしておくことだった。冷凍庫に料理が入っていると、安心できる。

スーパーで、目につく野菜やひき肉などを買った。キーマカレーを作っておくことは決めていたが、あとは無計画だった。飲み物を買ったこともあり、荷物はずいぶん重くなったが、妙に達成感があった。

しかし、スーパーを出て、部屋に向かって真夏の道を歩き出すと、達成感はすぐに失われた。歩くたびに、サンダルを通じて、地面にエネルギーが吸われていくような感覚。重たい荷物に対する後悔は増していき、ようやく帰宅したときには、激しい疲れを感じていた。買ってきたものを冷蔵庫に詰めこむと、吸い寄せられるようにソファに横たわった。

部屋の構造上、台所は暑い。部屋とつながる仕切り戸を開けていても、エアコンの風があまり届かないのだ。一旦座ると、なかなか立ち上がる気が起きずに、スマホで「meets」を開いて、ユウくんとのメッセージを読み返したりした。ユウくんのログイン時間が一時間以内であることを知り、心をざわつかせたりも。

結局、調理にとりかかったのは、夜中になってからだった。スーパーに行く前、中途半端な時間に、コンビニのおにぎりとサラダで食事を済ませてしまっていたのも、やる気が起きなかった一因かもしれない。

五品くらいは作るつもりでいたのに、いざ調理しはじめると、やはり暑さがつらく感じられ、面倒になってしまった。キーマカレー用の野菜をみじん切りにしただけでも半ば力尽き、あとは不揃いになった野菜を鍋で煮てお味噌汁にした。スーパーでズッキーニを選んでいたときのやる気と高揚感は、もうどこにもなかった。

今日のお昼はコンビニではなかったが、作ったのは、切った野菜を、チーズを混ぜた卵でとじて、それをごはんに乗せ、醤油をかけただけの、名前もないものだ。実家で出ていた料理たちとは、まるで異なる。それなりにおいしくはあったけれど、人に出せるようなものではない。

まだ冷蔵庫に残っている野菜をどうするか考えているうちに、成実のマンションの前に到着する。エントランスでチャイムを鳴らすのではなく、スマホで到着したというメッセージを送る。凌大が昼寝をしているかもしれないからだ。

メッセージに既読がついた直後、目の前の自動ドアが開く。袋をまた持ち直した。ジュースを「じゅじゅ」と発音する凌大を思い出し、口元がゆるんでしまう。

やはり凌大は昼寝中らしい。

今日も浩平くんは休日出勤だ。夏休み前は特に多いんだよね、と成実から聞いていた。

わたしにはよくわからないのだが、SEの中でも、当番的な業務があり、若い浩平くんはしょっちゅうそれを担当させられてしまうらしい。

「早めに寝たから、もうそろそろ目を覚ますとは思うけど」

成実が言う。わたしが凌大を溺愛しているのを当然のことながら知っているので、凌大が起きていないことが、どこか申し訳なさそうでもある。

「ごめんね、麦茶くらいしかないけど。桃は凌大が起きてきてからでいい？　先に食べる？」

「ううん、一緒に食べたいから待つよ」

「だと思った」

わたしの前に麦茶を置き、向かいに腰かけた成実は、そう言って少し笑う。もともとメイクは薄いほうだが、今日は特に薄く感じる。というか、完全なノーメイクかもしれない。眉毛もところどころ途切れている。

成実とわたしは似ていない。成実の顔立ちは、それぞれのパーツが小さく、控えめな印象だ。わたしは目が大きい。顔における、目の印象というのは強いものだ。鼻の形や上唇の薄さなどは似ているのかもしれないが、それでもやはり、並んでいるわたしたちを見て、姉妹だと当てられる人は少ないのではないかと思う。

「そういえば、実家、いつ帰るの？　浩平くんの夏休みはいつになるか決まった？」

わたしは訊ねた。もしも合わせられるなら、同じ日に帰ろうかと思っている。そんなに遠いわけではないのだし、時々実家に顔を出したほうがいいとも思うのだが、両親と三人だけになるのは、少し緊張する。二人が、わたしの結婚について気にしているのがわかるからだ。面と向かってハッキリ言われるわけではないのだが、それも、ハッキリ言わないほうがいいだろうと思っているのが伝わってきて、余計に気が重くなる。

「そのことだけど、今回はやめることにしたの。実は今、妊娠してるのがわかって。何日か前から、つわりっぽい症状が出始めてるんだよね。家にいたら大丈夫なんだけど、電車移動だと気持ち悪くなっちゃうときがあるんだ」

さらりと告白されて戸惑う。かろうじて、え、大丈夫なの、という問いかけをした。

「うん。ただ、ほんとにわかったばっかりで。まだ初期だし、何があるかわからないから、安心できないけどね」

「予定日はいつなの？」

もっと他に聞きたいことはありそうな気がするのに、咄嗟に浮かばない。かろうじて浮かんだ質問をした。

「三月末あたりかな。早生まれだから、保育園に通うのが一歳になってからになりそうで、入れるか心配なんだよね。凌大の兄弟加点はあるけど、このへん、子ども多いし。何にせよ、無事に出産できてからの話ではあるんだけど」

「そっか。入れないと困るよね」

　細かい事情はわからなかったが、保育園の入園が大変だというのは聞かされていた。凌大が入園する際も、十五個も候補の園を書いたと言っていた。保育園に入れなくて親が働けずに困っている、という話は、テレビでも目にしたりする。

「困るよー」

　わたしは頷いてから、つわりってやっぱりしんどいんだね、と言った。

「個人差あるみたいだよね。家にいたら全然問題ないんだけど、電車だと吐きそうになることがあって。匂いに敏感になってるのかな。コンビニのホットスナックの匂いがしんどくて、なかなか行けなくなったよ。あと、自分が使う化粧品の匂いがダメになっちゃって。自然由来のものに買い替えたらマシになったんだけど、それでも時々、うっ、って気持ち悪くなっちゃうんだ。凌大のときは、全然なかったんだけど」

「え、そのときどきで違うものなの？」

「うん、そうだね。周りでもよく聞くよ。今回はつわりが軽いからラク、とか言ってる人もいたし。毎回違うものなんじゃない？」

「そうなんだ」

　わたしは相づちを打ってから、妊娠について何も知らないことを自覚する。テレビかなにかで見たような、気持ちが悪くなってトイレに駆け込むようなシーンくらいしか浮かばない。

「あ、まだ親には伝えてないから、内緒にしておいてくれる？　安定期に入ってからにしようと思ってて。帰らないのも、浩平の休みが合わないから、って言うつもり」

「うん、わかった」

親には言わないことを、わたしには報告してくれたんだな、と思う。そしてノーメイクである理由に納得する。

そういえば、二人目について考えていると、以前公園で聞いたばかりだった。あれは先月だ。あのとき既にもう、妊娠していたのかもしれない。もちろんわかってはいなかったのだろうけれど。

「そういえば、最近、アプリはどう？」

そう聞かれて、ユウくんの顔が浮かぶ。メールをしたい衝動に何度かかられたが、必死にこらえ、あれっきりだ。向こうからも連絡はない。アプリからも連絡はとれるはずなのに。夏休み遊ぼうよ、とか、次会ったときに絶対今日の分のお金返すから、とか、いくつか言われた言葉を思い出すと、苦しくなる。

わたしが黙っていると、ママー、という声がした。泣いているような呼び方。成実が立ち上がり、そちらに向かう。おはよう、と話しかける成実の声。オムツ替えるね、という言葉が続き、少ししてから、成実と手をつないで凌大が現れる。頭に汗をかいたようで、髪が少し濡れている。

「ことちゃん」

凌大はわたしの姿を確認し、言う。

「凌大ー、おはよー、おいでー」

自分でも声が甘くなってしまうのがわかる。凌大はこちらに近寄ってはくれず、成実と手をつないだまま、ほくえん、はと、と勢いよく言う。寝起き直後とは思えないほど元気だ。

「保育園で公園に散歩に行ったときに、鳩がたくさんいたみたいで。印象的だったのか、最近、その話よくするんだよね。結構前のことなんだけど」

説明してもらい、ほくえんが保育園を指しているのだとわかる。凌大の、まだつたないしゃべり方が可愛らしい一方、会うたびに語彙《ごい》が増えている様子に驚いてしまう。子どもは目に見えて成長し、変化していく。

「そうなんだー、鳩、いっぱいいたの？」

「うん」

満足そうに頷く様子も、やはり可愛い。こちらから近づき、頭をなでた。やはり髪が湿っている。

「琴ちゃん、ジュースくれたよ。飲む？」

「じゅーちゅ、のむ」

以前よりも、ジュース、の発音が聞き取りやすいものになっている。勢いよく嬉しそうに答える姿に、重たい荷物を運んだ甲斐があった、と思う。

成実が台所へと向かい、淩大も後を追う。こっちで遊ぼう、と声をかけたが、振り向きもしない。

「ん、ん」

「ああ、こっちは桃だよ、桃」

「もも、たべる」

「うん、ちょっと待って。切ってるから」

成実と淩大が話している。もうこんなにもコミュニケーションが取れるようになっているのだな、と思う。わたしが淩大に会わない日のほうがずっと多いが、見えないうちに、ものすごい速度で成長しつづけているのだ。

「淩大ー、こっちで遊ぼう」

同じ言葉を繰り返す。

「琴ちゃんと遊んでたら？」

「ママ！」

「最近べったりなんだよね、なぜか」

言い訳のように、成実がわたしに向かって言う。凌大ー、ともう一度呼んでみるも、やはりこちらには来ない。当然だとわかりつつも、胸が少し痛んだ。

とにかく何か食べよう、と思いながら、お味噌汁が入った鍋を火にかけている。鍋の下の、青とオレンジの小さな炎。余計なことを考えないようにしよう、と思い、いや、余計なことでもないのかもしれない、と思い直す。何にせよ考えない。考えない。

あたたまったお味噌汁をお椀にそそぎ、部屋のテーブルに持っていく。さっきお茶碗によそったごはんと、昨日コンビニで買ったサラダの残りと、ペットボトルのお茶が置かれている。帰り道、なんとなく立ち寄ったコンビニで、なんとなく買った新商品だ。

「いただきます」

自分一人の空間だが、小声で言った。貧相な食卓。

最初にお味噌汁に口をつけた瞬間、違和感をおぼえた。かすかな酸味。気のせいかと思い、二口目をすすってみても、やはり同じだった。

お味噌汁が傷んでしまっていることに気づくのに、さほど時間は要しなかったが、その現実を受け止めたくなくて、停止してしまう。入れた野菜を考えてみるが、酸味があるようなものは入っていない。何度思い出しても。

昨日作ったばかりなのに。まだ二十四時間も経っていないのに。

しかし、それっきり火を入れてはいなかった。お昼は丼だけで充分な気がしてしまい、食べなかったのだ。立っていると暑さを感じる台所。腐敗が始まっても、無理はないのかもしれない。

見た目にはまったく変化はないように思えるが、中の成分は変化しているのだろう。気づかないうちに、変わっていくのだ。みんな。何もかも。

お椀の上に置いた箸を、また取る気にはなれない。さっきまでおぼえていた空腹感が、急激に遠ざかっていったのを感じる。

泣きたいと思った。けれど、涙が出る気もしなかった。

サラダの残りを口に運ぶ。さして味は感じられない。

持ち帰ってきた桃の存在を思い出す。冷凍庫に入れようと思うが、動く気になれない。おいしい、と笑った凌大の顔が浮かぶ。

認めたくないし、絶対に口には出せないが、成実の妊娠を、心から喜べていない自分がいる。

悲しいというのとはもちろん違う。しいていえば、寂しさに似ている。凌大はあんなに可愛いのだし、生まれてくる子も、きっと同じくらい可愛いに違いないけれど。

置き去りにされてしまうような気がする。そんなふうに思うことが間違っているのに。置き去りにするとかされるとかいう関係性ではないし、成実はただ、自分の人生を生きているだけなのに。成実が妊娠したからといって、わたしの婚活がうまくいかないというわけではないのに。何もかも頭ではわかっているつもりだが、自分本位な考えばかりが暴走して、胸を苦しくさせる。考えたくない。思いたくない。

凌大は語彙を増やし、成実は妊娠した。時間が流れている。わたしがユウくんと、どこにもつながらない関係を持ったあいだにも。

今日もしも成実に、ユウくんのことを打ち明けていたのなら、どうなっただろう、と想像してみる。

何やってんの、と呆れるだろうか。ちゃんとしなよ、と叱るだろうか。いや、呆れたり叱ったりしてくれるなら、まだいい。そっか、お姉ちゃんの好きなようにしたらいいと思うよ、とあきらめられるほうがつらい。そしてそれがありえそうに感じる。わたしのことばかり、気にしていられなくて当然だ。

時間が流れつづけている。いつのまにかお味噌汁は傷んでしまった。わたしのどこかも、そうなっていくのかもしれない。寂しさが膨張していくが、どうすることもできなかった。

8．結婚、のその先に

人差し指を使って、スマホ画面をスクロールしていく。どれくらいの時間、この行為を繰り返しているだろうか。

時々指を止めてみるが、さらに情報を見ようとまでは思えずに、またスクロールを再開する。

おそらく「meets」に登録したばかりの頃であれば、さらに情報を見ていただろうし、そのうちの数名には「いいね！」を送っていたかもしれない。

小さな四角の中におさめられた、たくさんの顔を目にしていると、自分が特定の誰かを探しているような気になってくる。そういうわけではないのに。

スマホをテーブルに置いた。目が疲れていた。激しいまばたきを数回繰り返し、首を回す。小さく音が鳴る。

落ち込んでいる、という言葉と、ひきずっている、という言葉の、どちらがふさわしいのかわからない。どちらにしても同じだ。後悔と自己嫌悪を繰り返している。ユウくんのページを開いて、ログイン状況を確認したいが、絶対にしないように気をつけている。メッセージ欄も削除した。

誰かと一夜だけの関係を持ったのは、初めてじゃなかった。大学生のときにもある。だけど年を重ねてからのほうが、ずっとダメージが大きい。何をしているのだろう、という虚しさが募る。

起き上がり、スマホに触れる。暗くなっていた画面が、瞬時に明るさを取り戻す。当然のことながら、そこには、さっき操作をやめたままの、知らない誰かのプロフィールが表示されていた。

トップページに戻り、メッセージ欄を開く。一番上に来ているのは、税理士の男性からのもので、次はわたしが返事をする番だった。少し前からやりとりしている。いつ会えるか訊ねられている状態だ。

入力しかけた返信を消し、今度はLINEを起動した。新着メッセージは特にない。通知も来ていないのだから、わかっていたことなのに、少し寂しい。

上に来ている最新のやりとりは、母とのもので、わたしが送った、「りょうかい！」と上げた両手で丸を作っているタヌキのスタンプだ。タヌキの笑顔とは程遠い表情で、これを選んでいた。今それを確認している表情も、やはり笑顔とはかけ離れている。

スマホの充電器を、実家のリビングに差したまま忘れてきてしまったのが、LINEの理由だった。その前に電話も来ていて、充電器は他にもあるのでそのまま置いておいてくれて構わない、ということを伝えたのだが、必要なら郵便でも送るよ、とわざわざLINEが来ていたのだった。忘れたのは完全にわたしのミスだし、母が気遣いで言ってくれていることはわかっていたのだが、それでも、いいって言ったのに、とイライラした。顔が見えずにやりとりできるのはよかった。怒りなんてまるでない文章を打ち込むこともできるし、さらに来た返信に、明るいスタンプを返すこともできるのだから。

実家に帰ったのは一昨日《おととい》のことで、久しぶりだった。年始以来だ。

成実がつわりで帰れないと言っていたので、わたしもやめようかと思ったが、それも両親が寂しがるかと思ったし、夏休みだというのに、予定らしい予定はほぼ入らなかった。大学時代の友人二人と、久しぶりに飲んだくらいで。一人で部屋にいるよりはいくぶんマシな気もして、電車を乗り継いで帰省するのを決めた。

しかし想像以上に、実家は居心地が悪かった。ここ数回の帰省は、成実家族、主に凌大がいてくれたから助かっていたのだな、と気づかされた。長年連れ添って、さしてもう会話もない夫婦のところに、わたし一人が加わったからといって、楽しい時間が生まれるはずもない。

何もかもが他人行儀に感じられた。リビングのソファも、ダイニングセットも、冷蔵庫も、洗面台のタオルも、わたしが実家で暮らしていたときから変わらずにあるものだというのに、ちっとも馴染まない。かつてこの空間で自分が生活していたということが、信じられなかった。

母が作った夕食はやはりおいしかったが、それさえも、居心地の悪さできちんと味わえなかった。

父も母も、わたしのことはあまり聞かなかった。成実は元気か、凌大は元気か、ということばかりだった。とはいえわたしだって、成実たちと一緒に暮らしているわけでもない。わかんないけど、という答えばかり繰り返していた。

ふと、父が言った。

「お前はずっと今のところで暮らすのか？」

「特に引っ越しとかは考えてないけど。更新もまだしたばっかりだし」

すぐに答えて、父親が、いや、と口ごもったことで、聞かれているのはそういうことじゃない、と気づいた。結婚しないのか、と聞きたいのだ、と。

「いいじゃない。琴実も楽しく暮らしてるんでしょう？　ね？」

母がすぐに言い、それはフォローの意味合いを強く帯びていたのは明確だったが、だからこそ、空気が少しゆがんだ。父は、別に俺は、と少しだけ怒ったように言い、わたしは何を言っていいかわからなくなった。

凌大がいてくれたらいいのに、と思ったが、きっと父も母も、もしかするとわたしよりも強く、そんなふうに思っていたかもしれない。

　そのあとも食事の時間は続いたし、まったくの無言だったわけではないのだが、何を話していても、なんとなく嚙み合わない感じが漂っていた。お互いがお互いに対して何かを話したいような、言い訳したいような気持ちを抱えたまま、しかし実際にそうすることはしなかった。

　今まで両親と、わたしの恋愛や結婚について話したことはなかった。かつての彼氏が家までわたしを送り届けてくれた際に数回、父や母と偶然会ってしまったことはあったが、そのときも軽く挨拶を交わすくらいで、そのあと何か質問されたりもしなかった。父は母にいろいろ質問していたというのを、あとで母に聞かされたが、少なくともわたし本人は問われなかった。

　両親とも、聞きたい気持ちや言いたい気持ちはあるが我慢しているのだろう、と察してはいた。それが、夕食時のやりとりで、いつもよりも如実になってしまった気がした。

　現状、とてもじゃないけれど話せるようなことはない。婚活アプリだなんて、親は戸惑うだろう。アプリで見知らぬ誰かと知り合うなんて、考えもしていないだろうから。まして、そこで出会った人たちの話なんてできるはずがない。

　実家からの帰りの電車内で、わたしはユウくんとの出来事を両親に話すところを想像していた。両親はそろって、眉間に皺を寄せるだろう。母は、何よそれ、と怒るかもしれない。父はおそらく黙りこむだろう。

絶対にできるはずがないし、したいとも思っていないのに、想像をしばらく続けていた。もっとも話さないことだからこそ、想像してみたのだと思う。成実に話すシーンを想像したのと同じで。

あの日本当は、実家に泊まろうと考えていた。二泊するつもりで、大きめのトートバッグに、洗面用具や最低限のメイク道具などを入れていた。わたしが使っていた部屋はそのまま残っていて、中学時代に好きだったバンドのステッカーが貼られているタンスにも、少しだけ洋服が入っている。

もし二泊していたなら、ちょうど今くらいの時間、夕方あたりに帰ってきただろうか。帰りの電車内では、別のことを考えていただろうか。けれど結局わたしは一人の部屋にいて、学生時代よりもよっぽど貴重な夏休みの最終日を、スマホとともに過ごしている。

そろそろ帰ろうかな、と言ったとき、母は、あら泊まらないの、と言ったが、日帰りするものだと思っていたようでもあった。父は、おう、とか、うん、とかそんなようなことを言っていた。実家に泊まったからといって、有意義な時間を過ごせたとは思えない。だからといって、一人で過ごしているこの時間が、大切なものだとも思えないのが、また苦しい。

喉の渇きをおぼえる。冷蔵庫からお茶を出すため、ようやく立ち上がる。

その瞬間、置いていたスマホがかすかに震え、音が鳴った。電話だ。

「はい」

「ごめん、今平気かな」

それはとても意外な相手だった。

しょっちゅう会っている相手なのに、場所が違うというだけで、なんだか見慣れなく感じる。いや、しょっちゅう会っている相手だからこそ、なのかもしれない。会うのはたいてい、成実の家だ。

「ごめんね、ほんと、突然」

「いや、それはいいけど」

このテーブル越しに向かい合うのも、というか、わたしの部屋に成実がいるのも、慣れない。なんだか不思議だ。

「お茶でいい？」

「うん、ありがとう。あ、これ、乗り換え駅のホームで売ってたやつ。おいしいかわかんないけど」

成実が持っていた紙袋からクッキーを取り出し、包装紙を剝がす。確かにホームで見かけたことがある。

「びっくりしたよ」

言いながら、わたしは、お茶をいれたグラスを持って戻る。向かいに置いた。ありがと、と言うと、一気に半分近くを飲んだ。喉が渇いていたようだった。今日も外はかなり暑いはずだ。わたしは再び冷蔵庫に行き、お茶のペットボトルを真ん中に置く。あ、ごめんね、と成実が言う。

「どうしたの？」

「まあ、簡単に言うと夫婦喧嘩」

「ふうふげんか」

繰り返してしまったのは、それが意外だったからだ。そのまま感想を伝える。

「夫婦喧嘩なんてするんだ？」

「そりゃあするよー。喧嘩しない夫婦なんているの？」

反対に訊ねられ、そういうものなのか、と思う。

「意外だったから」

「そんなに多くはないと思うけど、それでもやっぱりね。別々の人間が同じ家で生活しようとするんだから、そりゃあ無理は生じるよね」

そういうものか、とまた思う。わたしは実家を出てから、ずっと一人で暮らしている。

「で、どういう理由で？」

成実が持ってきてくれたクッキー詰め合わせの中から、レモンの形のものを選び、口に入れた。レモンの香りは強いが、そんなに酸味はなくて、食べやすい。

「つまんないけど、聞く？」

「うん」

成実はチョコのクッキーを一つつまみ、お茶を飲む。ペットボトルのお茶を注ぎ足した。ありがとう、と成実が言う。それから話しはじめた。

いわく、昨日は高校時代の集まりがあり、夫婦で誘われていたが、成実は凌大と家にいたらしい。浩平くんは終電で帰宅し、もっと早く帰ると言っていたのに、とそれにも苛立ちをおぼえたが、今朝の話で、怒りが強まったらしい。

浩平くんは成実に、同級生の名前をあげて、あいつがベビー服くれるって、と楽しげに報告してきた。成実が詳しく話を聞くと、今日成実が来ない理由を訊ねられ、二人目妊娠中でつわりもあって、と言うと、一歳半の子どもがいるその同級生が、ちょうどサイズアウトしたベビー服があるから今度あげるよ、と言ったとのことだった。

「流れは以上なんだけど、これだけだと、意味わからないよね」

「うん」

わたしは正直に言った。終電で帰宅した部分への苛立ちはわかる。が、ベビー服のおさがりに関しては、さほど問題があると思えない。

「わたしが頭に来たのは、わたしが妊娠してるってことを、いとも簡単に話したことなんだよね。わたし、まだ、親にも職場にも言ってないのに。順序ってものがあるじゃない？　だいたい、浩平はそれなりに仲良かったけど、わたしは同じクラスになったこともない同級生だし。しかも男で、それって妻にも許可とってんの、いや絶対とってないでしょ、って思う」

「ああ、なるほど」

説明されると納得できた。確かに勝手に話されるのは不愉快かもしれない。

「あと、これ、お姉ちゃんには初めて言うんだけど」

「うん」

「わたし、凌大を妊娠する少し前に、流産してるの」

「えっ」

思いもよらなかった告白に、どう言っていいのかわからなくなってしまう。いつ頃か聞いてもいいものだろうか、と思っていると、成実のほうから、凌大を妊娠する三ヶ月くらい前なんだけどね、と前置きがあった。

「初期だったし、まだわかって間もない頃だったの。妊娠してますね、ってなった数日後に、生理みたいな出血があって。あれ、まずいかも、と思って産婦人科行ったら、だめで」

「そうだったんだ」

やはり、どう言っていいかわからない。

「あ、でもね、別に傷ついたりしたわけじゃないの。お腹にいるって実感も、まだ全然なかったし。浩平ももちろん残念がってはいたけど、ものすごく落ち込むってほどでもなくて。でも既に浩平が自分の両親に報告しちゃってたから、また電話して、そしたら電話口で泣かれちゃったみたいで、それにショック受けてた。わたしはそのときは、直接は話さなかったんだけど」

「そっか」

　わたしはそう言いながら、成実がわたしにマッチングアプリを勧めてきたときのことを思い出していた。あのとき成実は、妊娠や出産について話していた。多分、自分の経験があったからこそ、思うところがあったのだろう。

「そう。だから凌大のときは、両親には、安定期に入ってから報告したのね。わたしの職場には少しだけ早く言わざるをえなかったけど」

　確かにわたしが報告を受けたときも、安定期に入ったから、というフレーズを耳にした気がする。

「なのに今回、なんでこんなに早く、しかもそんなに優先順位が高いとは思えない人たちに言っちゃうの、って怒ったんだよ。もしも何かあったら、全員にいちいち報告するの？　って。わたしはお姉ちゃんにしか言ってないし、もしも何かあれば報告もするけど、そうじゃないよね、って」

　わたしだけなのか、と少し驚きの気持ちが浮かんだが、ただ黙って頷く。

「で、最初は同意してたけど、わたしがあまりに怒ってるからか、反対に怒りだしちゃって。だったら成実も凌大連れてくれればよかったじゃん、別に早く帰ればいいんだから、とか言い出して。わたしは行きたくて怒ってるわけじゃないのに、それって論点ずれてると思って、余計に腹立たしくなって。ちょっと出かけてくる、って言って、そのまま家を出て駅まで行ったものの、全然行くところが浮かばなくて、電話しちゃった」

「そうなんだ。別に、うちじゃなくても、わたしが出かけたのに」

　電話口で成実は、お邪魔しても大丈夫、と訊ねてきた。何が起こったかわからなかったので、言われるままに来てもらったが、負担が大きかったかと心配になる。

「いや、いいのいいの。気分転換になったし。多分、凌大の面倒みきれなくなったら、連絡してくると思うけど。最近、ママがいい、ばっかりだから」

　それを聞いて、違和感は場所だけでなく、凌大の不在もあるのかもしれない、と思った。凌大がお昼寝しているタイミングというのはあったが、別の部屋にいても、凌大の存在感というのは大きい。完全に二人きりで会うのなんて、かなり久しぶりだ。

　結婚しても終わりじゃないんだな、と思う。結婚しても子どもができても、すべて解決するわけじゃない。当たり前なのかもしれないが、いつのまにか、結婚をゴールに設定していた気がする。そこまでの道のりの険しさばかりを思っていたが、その後だって、ずっと続いていくのだ。

　成実がまた話しはじめる。

「愚痴ばっかりになっちゃうけど、そのまま伝えてくる姿勢もいやだったんだよね。別に同級生が言ったことなんて、黙っててくれればいいのに。そんな口約束、実現するかもわからないし、次にいつ会うかだって決まってないんだから。前から浩平って、何も考えずにそのまま報告するところがあって、それも結構喧嘩の理由になってるんだよね。いや、言われてどうすればいいの、って」

「え、わたし、逆だ」

　思わずつぶやくと、成実が、え、と言った。

　なぜか、今なら話せそうな気がした。もう数年経っているからこそ。

「前に付き合ってた、陽一と別れた理由。すれ違いって言ってて、それももちろん嘘じゃないんだけど、あまりに報告がなかったからなんだよ」

　成実が黙って頷く。話を続けた。

「会えない理由で、飲み会あるから、とか、仕事だから、とか、そういうのも聞かなきゃ言ってくれなくて、いちいち聞く自分もいやだなあ、と思いながら聞いてたの。ただ、そういうのはまだよかったんだけど、あるとき、休みのはずの日に会えないって言われて、なんでか聞いたら、引っ越しだから、って。誰か知り合いの引っ越し手伝うのかと思ったら、本人だったの。引っ越すことになったんだよ、独身寮出なきゃいけなくて、部屋決めてきた、って、なんてことないふうに話すんだけど、もうびっくりしちゃって。だって、部屋探しとか、数ヶ月前からじゃん？　その間、何度も会ってたのに、一度として話題にのぼらなかったんだよ」

「それもすごいね」

成実が言う。でしょう、とわたしが言い、続ける。

「なんか、こんなに大事なことまで言ってもらえないなら、わたしがいる意味ないじゃん、って思ったんだよね。わたしがいてもいなくても、この人には何も関係ないんだなあ、この人は全部一人で決めちゃうんだなあ、って」

「実際、そういうふうに答えたの？」

「ううん、聞いてないよ」

「え？」

「もうなんて言ったかは覚えてない。最終的には喧嘩別れだけど。向こうも、もういい、疲れた、って」

成実は何か考え込む表情を見せている。どうしたの、と聞こうとするより一瞬早く、それさあ、と言われた。

「確かに話してよって思うけど、彼の中では、引っ越しの優先順位が、ものすごく低かったんじゃない？　どうでもいいことだったっていうか」

「どうでもいい？　だって、引っ越しだよ？」

「いや、そうなんだけど。でも優先順位って、本当に人それぞれじゃない。一緒にいるときに、お姉ちゃんばっかり話してたわけじゃないんでしょう？　彼にしてみれば、話したいことが、引っ越しよりもいろいろあったのかな、って」

　わたしたちはどんな話をしていただろう、と思い返すと、やっぱり、親戚の子の話を嬉しそうにする姿が最初に浮かんだ。あとは映画の感想や、行ってみたい場所の話なんかも。陽一にとっては、そういう話が、大切だったんだろうか。けれどふとよぎった思いがあり、そのまま口にする。

「でも、さすがにそれは、どうでもいいとは思えないな。しかも、引っ越すってなったら、同棲とか結婚とか、もし彼女がいるなら、少しは考えない？」

「まあ、確かに。実際、結婚の話とかもしてたの？」

「……出てたけど、当時は向こうのほうが乗り気で、わたしのほうが、まだいいかな、って感じだったかも」

「それでじゃないの？」

「いや、同棲の話も出なかったんだよ」

「結婚したくないなら、同棲もしたくないって思ったんじゃない？　もちろん、ちゃんと聞かないとわからないけど。やっぱり、人って話してみないとわからないよね。まるで違うかもしれないけど、こないだ、凌大とこういうことがあって」

「凌大と？」

浩平くんの名前と、言い間違えたのかと思った。けれど成実は頷き、続きを話す。

「凌大が家で牛乳欲しがったからいれたら、一口飲んで、ちがう、って言うの。ぎゅうにゅう、じゃなくて、別の響きのものかなと思って、いろいろ聞いてみるんだけど、どれも違う、違う、って言って泣き出しちゃって。こっちも少し怒っちゃったんだけど、落ち着いてから話すと、保育園の牛乳がいいってことだったの。うち、家で、低脂肪乳使ってるんだよね。その味がいやだったみたいで。そのときもかなり時間かかっちゃったんだけど、凌大が話せるようになったから、ようやくわかってあげられたな、って。察するなんて無理なんだよね。ちゃんと言ってもらえないと、わからない」

察するなんて無理なんだよね、という言葉が、自分に向けられたように感じた。今までずっと、察してもらえるだろう、と思っていた自分に気づかされたからだ。なんとなく伝わっているだろうし、わかってもらえていると思い込んでいた。だけど一体、どれくらい、自分の言葉で気持ちを伝えていただろうか。

「ごめん、かなり的外れなエピソードだったけど」

「いや、そんなことないよ。言わなきゃわからないよね。自分だって、相手だって」

わたしはクッキーをつまむ。今度はナッツ入りのものだ。おいしい。

「それで、最近はアプリのほうはどうなの？」

急に話が変わる。わたしはお茶を飲んでから答える。

「この頃はあんまり会えてないかな」

ユウくんのことは、やはり話せるわけがなかった。

「今、やりとりしてる人はいるの？」

「うん、三人。でもなかなか返事が来なかったりもするし、すごく会いたいって感じの人はいないかな」

こっちは事実を伝える。

「そうなんだ」

「うん」

またユウくんの顔が頭に浮かぶが、必死でかき消す。

アプリを始めたばかりの頃は、物珍しさもあり、自分からいろいろ検索するようなこともあったのだが、最近は「いいね！」をくれた人たちのプロフィールを確認するくらいだ。その「いいね！」をもらうことも、登録した直後にくらべると、格段に減った。

メッセージや「いいね！」が届けば通知が来る設定だが、まったく通知が来ない日というのも出てきた。

そうした状況を伝えると、成実は言った。

「最初に会った人に、また連絡とってみてもいいんじゃないのかな。ほら、一緒に映画観た人」

「ああ、友さん？」

言われてすぐに思い出すが、裏返すと、言われないと思い出さない出来事でもあった。友さんと会ったことも、もちろん成実に報告していたのだが、当初から、彼に対して肯定的な意見を持っていた。わたしがよく思わなかった、話していて沈黙が多かった部分や、映画について謝られてしまい気まずかった部分なども、そんなの初対面で緊張してたんだろうから無理もないよ、とフォローしていたし、せめて食事くらいは行くべきだった、とわたしが途中で帰ったのを注意してきた。意見を聞くうちに、自分の身勝手さに改めて気づかされたのだった。

「そうそう。悪い人じゃないと思うんだよね」

「まあねえ」

答えてから、友さんの顔を思い浮かべる。ぼんやりとしたイメージでしかない。

けれど言われてみると、確かに悪くはない、と思う。そのあと会ったシロさんや、ユウくんと比べると余計に。不快になるような発言はなかったし、嘘もつかれなかった、おそらく。

「悪くはないよね」

わたしはテーブルの上に置いていたスマホで、友さんとのメッセージを確認しながら言った。直接会った際に、連絡先を交換してからのものだ。また会いましょうと言い、具体的に日程もあげてくれた彼に対し、その日は難しいのでまた改めてぜひ、とわたしが答えた。彼から送られてきた、「お願いします」と頭を下げているパンダのスタンプでやりとりは終わっている。二ヶ月近く前のものだ。成実に見せたらまた注意されてしまいそうだな、と思う。

「いいんじゃないかな。それに、前回マイナスだった印象があるなら、余計にいいのかもよ。今度は加点法で会えそう。アプリだけだと、どうしても減点法になっちゃうと思うんだよね」

「減点法？」

「メッセージ送り合う中で、自分に都合のいいイメージを作っちゃうっていうか。顔とか声とかも、なんとなく自分好みに変換されていく気がする、無意識に。だから実物に会うと、あれ、ってギャップが生じて、マイナスになっちゃうことが多いんじゃないのかな」

当てはまる。友さんと会う前、毎晩のように「おつかれさま」と入ったメッセージを送り合うのは、いつのまにかささやかな楽しみになっていた。あのときわたしの中で、勝手に友さん像を作り上げていたのかもしれない。

今ならもっと楽しく会える気がした。沈黙が多ければ、こちらがもっと話せばいい。向こうが話すものだと思っていた意識が、わたしにはあったかもしれない。

「連絡してみようかな」

わたしがそう答えた瞬間、成実のスマホが鳴った。おそらく浩平くんからだろう。はい、と電話に出る表情は硬かった。

9．選ぶ、選ばれる（岡田さん・30歳）

たとえばこうした、会社からの帰り道。少し前に受け取った、友さんからの返事を思い出す。思い出したくないのに、思い出してしまう。

あの日、成実が帰ってからすぐにメッセージを送った。お久しぶりです、という挨拶と、よかったら近々どこかで会いましょう、という誘いを、カジュアルな印象になるように書いて送った。動くペンギンのスタンプも一緒に。

返信は、三十分もしないうちに来た。そこには、付き合っている人がいるので異性と二人きりでは会えない、という内容が、申し訳なさそうな様子で、丁寧に書かれていた。誠実だと思った。同じくらい、残酷だと思った。メッセージを既読スルーしてくれたっていいのに。仕事が忙しいとか、適当な嘘をついて断ってくれたっていいのに。

わたしと会ったあとの、二ヶ月のあいだにできた恋人なのだろう。「meets」で出会ったのかもしれないし、友だちの紹介かもしれない。「meets」を退会しているかもしれないと思い、確かめようかとも考えたが、どちらにしても、余計にみじめになる気がした。

自分が選ぶだけの立場ではなかった。選ぶと同時に、選ばれている。知り合って会う人たちは、他の人とも会うことがある。当然のことなのに、意識できていなかったのだと思い知らされる。選ぶことしか考えられていなかった。

友さんのメッセージを思い出すと、きまってこうした気持ちになる。

電車が最寄り駅に到着するが、一人の部屋に帰るのがいやで、駅前のカフェに立ち寄りかける。けれど窓際に座るカップルの姿が目に入り、そのままUターンする。

改めて、帰りたくない、と思う。そして、それは間違っているような気もした。一人暮らしで、恋人もいないわたしには、そんな言い方は当てはまらない。ただ住んでいる部屋というだけで、帰るべき場所とも呼べないのだから。

重たい足どりのまま、コンビニに立ち寄る。かたっぱしから棚の商品を眺めてみるけれど、視覚から入る情報が、頭に残っていかない。ただ、返事について考えている。

もっと早く連絡していれば。もっと明るく話していれば。もう絶対に選べない多くの選択肢が、目の前に現れる。どうしようもできないとわかっているのに。

友さんが好きだったかと聞かれたら、答えに悩む。だからこそ、より自己嫌悪は強くなる。こんなのは、純粋な失恋ですらない。

こぼれたため息が、やけに大きく響いてしまい、自分でも驚く。

わたしは、自分が望んだなら、友さんにはいつでも会えると思っていたし、付き合うのに関しても同様だった。自分は待ってもらえているのだと、勝手に思い込んでいた。傲慢《ごうまん》さのかたまりだ。

待ち合わせていた居酒屋の前で、岡田《おかだ》さんと出会った。店内に入ろうとしていた眼鏡姿の男性がいて、送ってもらった写真とどことなく似ているようだったので、すみません、岡田さんですか、と声をかけると、こちらを見て少し驚いた顔をした。

「……田島さん？」

多少怪訝《けげん》そうな声でそう聞かれ、はい、と答えた。

「よかったです。ちょうどでしたね」

わたしが言うと、彼は、そうですね、と言った。あまり嬉しくはなさそう、というより、どちらかというと不機嫌そうな声。こういう話し方の人なのか、と思いつつ、これから彼と二人で飲みながら過ごす時間を不安にも感じる。

ネクタイはしていないが、白い半袖シャツにグレーのパンツ、それに革靴。手には黒いビジネスバッグと、パンツと同素材のジャケット。スーツなのだろう。あらかじめ聞いていたとおり、仕事終わりなのだとわかる。仕事帰りと言いながら、まるでそうは思えないカジュアルな格好をしていた、ユウくんのことを思い出し、笑いたいような、泣きたいような気持ちになる。

　プロフィールによると、身長は百六十六センチとのことだったが、もう少し低く感じられた。わたしがヒールのある靴を履いているせいかもしれない。

「予約していた岡田ですが」

「はい、こちらどうぞー」

　岡田さんが告げると、店員さんが、すぐに近くのテーブル席に案内してくれる。店内はそれなりに混んでいて、岡田さんと同じような格好をした、仕事帰りとおぼしき男性たちのグループが多い。楽しそうな笑い声をあげている数名もいて、どちらかというと騒がしい雰囲気の店だ。

　椅子は硬さを感じた。足元にあるカゴにバッグを入れる。

　串焼きが売りのお店らしく、店内にはその匂いが充満している。食欲をそそられる一方、洋服に匂いがつきそうだな、と思った。このあいだ、ユウくんに会ったときと、同じ組み合わせの服を着ている。くすんだピンクのブラウスに、グレーのマーメイドスカート。この組み合わせが気に入ったのもあるし、上書き保存したかった気持ちもある。

「いいね！」を送ってくれたのは、岡田さんのほうだ。プロフィールページには顔写真は掲載されておらず、いくつかの項目が記入されているだけだった。そのままスルーしかけたが、年収が八百一万〜一千万という記載があり、つい手を止めた。項目ではサービス業となっていたが、短いプロフィールの文面の中に、「税理士をしています。」という一行があった。年齢は三十歳。同い年だ。

年収の項目は、空白の人も多い。わたしもそうだ。わざわざ書くからには、平均よりも高い人が多いのだが、同い年で八百一万〜一千万というのはあまり目にしたことがなかった。

今まで付き合う人について、年収はほぼ気にしていなかった。成人してから、そんなに多くの人と付き合ってこなかったというのもあるが。長く付き合った陽一の年収も、把握していなかった。おそらくこれくらいだろう、と思うくらいで。

「meets」で結婚を考えるのであれば、相手の年収だって重要なポイントだ。むしろ今までうまくいかなかったのは、その点に無頓着すぎたのかもしれない、という考えが頭に浮かんだ。

顔写真を掲載していない人や、掲載している写真がわかりにくい人に対して、個別に送ってもらうよう、リクエストすることができる。そうしたところ、その日のうちに、「仕事上の都合で、写真が掲載できずすみません。よろしければこちらでご確認ください。」という文面とともに、二枚の顔写真が届いた。一枚は旅行先なのか、ひまわり畑が背景になっているもので、もう一枚は飲み会のようだった。他に写っている人たちの顔をぼやかすように加工して隠していて、加工は自分でしたのだろうか、なんて思った。

眼鏡をかけた男性の顔は、実年齢よりも少し上に見えた。あまり印象に残る顔立ちではなかった。どこかですれ違っていたとしても、わからない。

「いいね！」を返そうか悩んだが、顔写真を送ってもらっておいて返さないというのも、失礼な気がした。それに、顔で判断した前回が、反省する結果になったのも大きかった。顔よりお金、とはっきり思ったわけでもないが、今までとは異なる判断基準を取り入れてみようとしたのだ。

萌や、萌のお母さんの言葉が記憶に残っていたのもある。結婚について、違う観点で考えていかなくてはならないのではないかと、自覚させられたのだ。

それでも実際に会うところまでは踏ん切りがつかず、スケジュールがあまり合わなかった時期もあったが、友さんに断られてしまったのをきっかけに、むしろ舵を切ることができた。そしてようやく今日、こうして会っている。

「飲み物、どうします？」

わたしは訊ねた。暑い中を歩いてきたので、冷たい飲み物が欲しかった。気持ち的にはレモンサワーにしたいが、一杯目はやはりビールだろうか。

「ああ、僕はウーロン茶で。田島さんは決まりました？」

予想外の答えだった。

「お酒、飲まれないんですか？」

「まったく飲めないわけでもないんですけど、平日はあまり。思考低下しちゃうでしょう、アルコールって」

そう言われ、わたしもウーロン茶を頼むことを決める。だったら居酒屋じゃなくてもよかったのに、とも思う。

店は彼が選んでくれたもので、会社からは一度地下鉄を乗り換える必要があった。家に帰る際も、二回乗り換えが必要になる。少々面倒ではあったが、こちらから提案するよりはいいと思い、受け入れた。

お水を持った店員さんがやってきて、わたしは、「ウーロン茶二つでお願いします」と言った。岡田さんはわたしもウーロン茶を選んだことについては、特に反応せず、店員さんに対して、「あとすみません、荷物入れ、もう一ついただけますか」と言った。

そう言われわたしは、彼の席を見た。背中の後ろに、バッグと上着を置いている。

「すみません、わたし、使っちゃって」

確認もせずに使ってしまったことを謝ると、いや、いいですよ、と岡田さんは言った。それからわたしの顔を見た。

何を言うのだろうと思ったが、飛び出したのは、予想外の言葉だった。

「安いお店で、がっかりしてます？　もちろんおごりますけど」

「いえいえ」

とっさに否定の言葉を出した。

「串焼き好きなんで、嬉しいです。それに、おごっていただかなくても大丈夫ですよ」

笑顔を作りながら付け足す。リアクションのとりにくい冗談だ、と思ったが、彼は真顔のままだった。店の前で会った際に、これから二人で過ごす時間を不安に思ったが、それが増していくようだった。

帰りたい。

頭の中に浮かぶ単語を、なんとか消すように、ウーロン茶を流し込む。串焼きはメニューも味付けも多彩で、どれもおいしいのだが、きちんと味わえていない。

スマホは足元のバッグの中なので確認できず、時おり、店内の壁掛け時計に目をやって時刻を確認している。岡田さんと会ってから、まだ四十分ほどしか経っていないが、体感ではもっと長い。

友さんと映画の話をしながら、帰りたい、と思った、かつての記憶がよみがえる。さんざん成実に叱られてしまったが、今となっては、わたしも過去の自分を叱りたいくらいだった。あのときのほうが、ずっとよかった。

さっきから、多少会話はしているものの、続かない。というか多分、岡田さんに、わたしとの会話を続ける気がないのだと思う。

夏休みは何してましたか、と聞いたところ、特に何も、と答えられた。わたしもです、実家に帰ったくらいで、と言うと、そうですか、と返された。岡田さんの実家はどちらなんですか、と聞くと、都内です、という答え。

話題がよくないのかと思い、串焼きを食べて、おいしいですね、や、ここはよく来るんですか、といったことも聞いてみたのだが、返ってくる答えは一言二言で、こちらに対する問いというのはまったく含まれない。

口元に静かに力を入れている。放っておくと、口角が下がってしまいそうだから、少しだけ上げるよう保っている。わたしは楽しんでいますよ、と伝えるように。そうすることで、自分がそう思えるように。

「ほんと、おいしい」

しそが練りこまれたつくねを飲み込み、わたしは言う。もう何度も発した言葉。

「人と会うのって、何回目ですか？」

ずっと問いを向けられていなかったことと、問いがまるで脈絡のなかったことで、わたしはすぐに意味が理解できず、え、と訊ね返した。

「『meets』で知り合った人と。初めてではないですよね？」

そこまで訊ねられ、意味は理解できたが、なぜこのタイミングで、という違和感は残った。しかし無視もできない。

「二回目です」

少なく言った。正直に、五回目だと言ってもよかったのだが、なんとなく嘘をついてしまった。

「そうなんですね。一回目の人とは、だめだったんですか？」

「そうですね」

「なんでですか？」

なぜそんなことを聞くのだろう、と思うが、単に質問の仕方が下手なのかもしれない。

「なんででしょうね」

わたしはそれだけ言った。この話はやめましょう、切り上げましょう、という思いをこめて。しかし彼は、まるで汲みとることなく、話を続ける。

「変わってる人も多いですよね」

誰かと会っているところで、他の誰かの話をするのは、あまり品のいいこととは思えなかったが、この話題ならば話を続けられるのかもしれなかった。なんとかして話を続けて、楽しいと思いたかった。何のためかは、もはやわからなくなっているが。わたしはまだ、目の前の人のことを、何も知らない。メッセージのやりとりでわかったこともごく少なくて、下の名前すらまだ知らないのだ。

「何人か会われました？」

「まあそこそこ。二桁はいってますかね」

「多いですね」

わたしは驚きつつ言ったが、彼はそれに対しては何も答えなかった。二桁会った女性たちとは、何も生まれなかったのだろうか。というか、彼女たちとは、もっと楽しく話したのだろうか。

わたしは、今日までずっと忘れていた、ある人のプロフィールページを思い出した。登録直後に「いいね！」をつけてくれた男性のものだ。

「あ、でも、会ってないですけど、変わった人いましたよ。登録した日に」

わたしは言う。岡田さんは無言だが、小さく頷く。続けて、と言うかのように。

「語りかけてくるようなプロフィールなんですよ。『このページをクリックした貴女はラッキーです』だったかな。出だしがそんな感じで、あなたっていうのも、漢字で『貴女』で。顔文字とかカタカナとかがかなり入ってるんですけど、どれも時代遅れっていうか、なんかずれてて。年齢が五十歳近くて、わたし、登録直後に『いいね！』が来たんですけど、おそらく、いろんな女の人に『いいね！』つけてるんじゃないかなあ。この人、出会うことあるのかなあ、なんていろいろ思っちゃいました。今もやってるかわからないですけど。あとで見てみようかな」

もうすっかりおぼろげな記憶となっている、その人のプロフィールを思い出しながら、笑いつつ話す。岡田さんは、さっきよりも少し深く、ゆっくり頷いた。

「馬鹿にしてるんですね、そういう人のこと」

岡田さんは言った。え？　とわたしは聞き返す。自分の聞き間違いなのかと思う。

「少し綺麗なだけで、自分はいつでも彼氏ができる、って自信に満ちてる、典型的な女の人ですよね。田島さんって」

「え、なんですか、それ」

わたしは口角を下げないように、声に明るさを保たせたまま、答える。冗談だとしたら、ずいぶん悪趣味だ。というか、笑いどころもわからない。

「嫌いなんです、僕。たちが悪いなあと思って。その綺麗さだって、生まれ持ってのもので、たいして努力しているわけでもないのに。自分は選べて当たり前だ、って思い込んでるんですよね。それで、選ばれたがっている人のことを見くびってるんですよ。若さだって美しさだってどんどん失われていくのに、愚かだなあって思います。どうせ今日も、僕にさして興味があったわけじゃないですよね。ただ、お金があるなら会ってみてもいいかな、と思っただけですよね」

さっきまでの沈黙ばかりの時間を取り戻すかのように、するすると口から流れ出る言葉。岡田さんは、話しながら、少しだけ微笑みを浮かべている。

怒りか恐怖かは自分でもわからなかったが、膝がかすかに震えた。テーブルの下で手を置いて、それを抑える。震えているのを、絶対に知られたくなかった。

「いつまでも上から見下しているような真似はできないですよ。田島さん、もう、三十歳なんですよね。とっくに結婚している人もいますよね。だから焦ってるのかもしれないですけど、自分本位さを直さないことには、難しいんじゃないですか。荷物入れもそうです。当然のように自分が使うって決めつけて。相手のことなんて、考えようともしてないんですよね」

この人は、一つしかない荷物入れに、わたしがさっさと自分の荷物を入れたことを怒っているのだろうか。それで、ここまでひどい言葉を投げつけてくるのだろうか。

いや、おそらく、そうではない。わたしの名前を呼び、荷物入れのことを口にしているけれど、もっと別の知らない誰か、あるいは複数の人たちに怒っているのだ。だからあえて、「いいね！」を付けたのだ。こうして会って、わたしのような女が傷つくところを見るために。

言われているのは自分ではないのだ、と言い聞かせることで、なんとか落ち着きたいと思ったが、震えはおさまらない。何かを口に出すと、泣いてしまいそうで、ただ黙っている。もう口角を上げる余裕なんてなかった。

そして一方では、怖いくらい当たっている、と思った。選べて当たり前だ、って思い込んでる。友さんに対する振る舞いが、まさにそれだ。自分本位じゃないなんて、まったく否定できない。

「第一、マッチングアプリに登録してる男がみんな、本気で付き合う相手や結婚相手を探してるって考えてる時点で、浅はかですよ。ただセックスしたいだけの男のほうが、なんならずっと多いかもしれない。ああ、もう一回目の人が、そういう男だったかもしれないですけど」

岡田さんは、はっ、と小さく笑う。顔を見られないので、本当に笑っているかはわからないが。

どうしたって、ユウくんのことが頭にちらつく。一度だけのラブホテルでの時間。この人がユウくんを、その時間を知っているはずはないのに。

グラスに残っているウーロン茶を、目の前の人に思いきりかける自分の姿を想像する。見知らぬ誰かへの恨みをわたしにぶつけないでください、と理路整然と言い返す自分の姿を想像する。無言で立ち上がり、バッグの中の財布から一万円札を出してテーブルの上に置き、黙って店を出る自分の姿を想像する。想像はどれも実行にうつせない。怖い。今すぐ帰りたい。

別のテーブルで誰かが、なんだそれー、と大げさな声をあげ、そのあとに何人かの笑い声が続く。楽しそうだった。あの中の誰かが、自分であればいいのに、と思う。

10. ひとり

マグカップの底には、黄色のかたまりが残っている。完全に溶けきらなかった、コーンポタージュの粉末だ。お湯を入れてから、底のほうをよくかき回すようにしているつもりなのに、いつだってこんなふうに残って、最後の数口は、とても濃い味の液体になってしまう。

何かの比喩みたいだな、と思ったが、具体的な何かが思いつくわけではなかった。あまりいい意味のものではないだろう、ということだけがわかる。

かたまりを綺麗にとることはあきらめて、プラスチックのフォークを置く。お茶が飲みたかったが、グラスはもう空っぽだ。数歩の距離にある冷蔵庫からお茶を取り出し、注げばいいだけなのだが、それが面倒に感じられ、喉の渇きを我慢することにする。

テーブルに置いていたスマホの画面に、通知が届いたのがわかった。アプリ「meets」からのものだ。誰かから「いいね！」が来たことを知らせている。

数日ぶりの「いいね！」だ。登録直後は一時間に何通も届き、確認するのも大変なくらいだったが、数ヶ月経った今となっては、通知は格段に減った。

「meets」を起動する。「いいね！」をくれた相手のプロフィールページをクリックする。アップされている写真は一枚だけ。かなり遠くから撮ったもので、顔の細かな造りまではわからない。大きな川が背後にある。有名な川なのかもしれない。

東京在住、二十八歳、会社員（教育、学習支援業）とある。教員？　でもそれならば、会社員とはならないのか。参考書を作ったりする場合は、どういった肩書きになるのだろう。趣味はスポーツ観戦。写真でのTシャツ姿もあり、爽やかそうな印象だ。

「いいね！」をつけ返そうかと思ったが、ふと、岡田さんの声がよみがえる。

「嫌いなんです、僕」

よどみなくわたしに投げかけてきた言葉の中でも、特に強く記憶に残っていた。残したくはなかったが、残ってしまった。あれから一週間以上が経ち、ところどころ忘れている言い回しなどもあるが、嫌いなんですというのは鮮烈だった。

誰かから、嫌い、なんて、面と向かって言われることはめったにないせいだろう。幼い頃の喧嘩ではあったかもしれないが、すぐには浮かばない。

この人はわたしに向かって言ってるんじゃない、別の誰か、あるいは複数の人たちに向かって言っているんだ、と、言われている最中にも思った。今も思っている。おそらくその想像は当たっているが、だからといって、受けたダメージがゼロになるわけじゃなかった。

わたしはそのまま「meets」を終了し、スマホをまたテーブルに置く。横にはさっき食べ終えた、ツナパスタの容器と、黄色のかたまりが残ったマグカップ。そしてフォークと、お茶のなくなったグラス。マグカップは早いうちに水につけておかないと、汚れがこびりついてしまう。喉の渇きだって、さっさと癒したほうがいい。わかっているが、身体が動かない。

スマホの画面が暗くなる。見たばかりの二十八歳男性のことを少し思う。

また岡田さんのような人だったなら、と思うと、「いいね！」をつけ返すのがためらわれた。見知らぬ誰かとメッセージのやりとりをすることも、そこで約束をしてどこかで会うことも、できる気がしない。

岡田さんのことは、既にブロックしている。だから向こうからメッセージが来たとしても、こちらでは確認できないし、直接の連絡先は交換していない。にもかかわらず、通知が来たり、LINEが届いたりすると、少しひるんでいる。

他の人ともやりとりしていたのだが、岡田さんと会った日から、返信をやめた。突然やりとりが途絶えたことについて、何か思っている人も中にはいるかもしれないが。

岡田さんが話し終えたあと、わたしは、すみません、用事を思い出したので失礼します、と言った。その明らかな嘘に対しても、財布から出してテーブルの上に置いた三千円についても、岡田さんは何も言わなかった。わたしのことや三千円のことを、ちらりと見はしたものの。

帰りの電車の中でも、帰宅してからも、憤っていたし、怖くなっていた。もっと言えたことやれたことはあるのではないかと思ったし、別の行動をとる自分の姿を、幾度となくシミュレーションしていた。ただ、正解といえるほどのものは見つからなかった。見つかったところで、すっきりするとも思えないが。

言われたことを、幾度となく反芻《はんすう》した。思い出そうとしてそうすることも、勝手に思い出されてしまうこともあった。

全部的外れであると言いきれないのが、余計に苦しかった。自分の中に存在する、勝手な思い込みや、思いあがり。自分本位さ。岡田さんの言っていたことを、完全に否定できない。

若干の肌寒さをおぼえ、エアコンのリモコンに手を伸ばして、止めた。止めると暑くなるとわかっているが、つけているとどうしても寒くなる。温度調節を細かくしてみても、うまくいかない。

もう九月になろうとしているのだ。夏が終わる。

夏休みまでには恋人が欲しい、と思っていた。その夏休みはあっというまに終わり、十一月になって誕生日を迎えれば、三十一歳になる。わたしが動かなくても時間は流れつづけ、恋人のいない期間が長くなっていく。

特に見る気もないのに、つけたままにしているテレビが、短いニュース番組に切り替わる。

「こんばんは。今日のニュースです。ネズミが発生源になったとみられる新型ウイルス感染症についてですが、ヒトからヒトへの感染が、本日初めて確認されたことを、中国当局が発表しました。このウイルスは……」

ようやくシャワーを浴びる気力が湧いてきて、わたしはテレビを消した。

問診票の記入を終え、受付にいる女性に提出し、ソファに戻る。ソファはピンクで、待合室の壁紙も一面薄いピンクだ。

マガジンラックから雑誌を持ってこようかと思うが、人も少ないし、おそらくすぐに呼ばれるだろう。そのまま待つことにした。

薄いピンクの壁紙は、ところどころ変色して色あせている部分などもある。ずいぶん長くやっているのだろう。あまり更新されていない様子のホームページで確認した院長の顔写真も、おじさんというより、おじいさんに近いような白髪の男性だった。

腹痛などは特にないが、自分の体内にあるかもしれない異変を思い、憂鬱になる。これから内診を受けるであろうことも不安だった。怖さもある。

診察室のドアが開き、女性が出てくる。お腹が大きい。妊娠しているのだろうとわかる。小花柄の布マスクをつけている。手作りしたのだろうか。彼女はこちらを見ることなく、わたしが座るソファとは別のソファに腰かけた。

二人目を妊娠中の成実のことを思う。つわりは少しマシになったような気がするものの、まだおさまってはいないとのことだった。スマホの画面越しに見ても、若干、顔が痩せたようで心配だった。電話は昨日、日曜日の夕方にかけた。

慣れないテレビ電話機能を使ったのは、わたしが凌大を見たがっていると知っている成実からの提案で、ありがたく受け入れたが、肝心の凌大は、つながるとすぐに「ことちゃん、おもちゃ、ありがとう。ばいばーい」と言い終えると、手を振って、すぐに画面から離れてしまった。普通の電話に切り替えてもよかったのだが、そのまま少しだけ、テレビ電話で成実と話をした。

成実の病院では、今のところ感染者は出ていないが、感染対策を強化するための業務が増えていて、もはや薬剤師らしい仕事してる時間のほうが少ないかも、と言っていた。凌大のことを話しているうちに、成実が急に泣き出したのには、本当にびっくりした。本人もびっくりしていたようで、珍しく慌てていた。

成実が泣いたところを過去に目にしたのは、いつなのか思い出せない。小さいときから、あまり泣かない子だった。姉であるわたしのほうが、よく泣いていた。

以前うちに来て、浩平くんとの喧嘩について話したときにも、その際に過去の流産を打ち明けてくれたときにも、涙なんて、まったくだったのに。

だけどそれだけ、成実が弱っているのだと伝わってきた。

あらかじめLINEで聞いていたことだが、凌大の保育園が休園となってしまっているのが理由だった。成実は仕事を休むことはできない。今は浩平くんのお母さんとうちの母親、ネットで申し込んだシッターさんなどにお願いして、「なんとかやりくりしている」とのことだった。ただ、シッターさんもなかなか見つからないものらしい。

浩平くんは週に半分以上在宅勤務ではあるが、ミーティングなども多いため、子どもの面倒を見るのは大変で、むしろ部屋数が足りないくらいだという。あのあとは喧嘩はなく過ごしているが、お互いに余裕は全然ないとも言っていた。

「手伝おうか。わたしがそっちに行くとか。会社も休みになってるし」

そう口にしたが、成実は、ううん、大丈夫、とすぐに断ってきた。遠いからいいよ、ありがとう、とも。

距離だけの問題ではないと思った。成実の家から実家のほうが遠いのだから。

反射的に申し出てはみたものの、凌大と二人きりでうまく過ごせるのかという不安はあった。以前、お昼寝から起きた凌大が、激しく泣いてぐずり、大変だったことがある。成実が買い物から帰宅するまで、何もできずに、ただ戸惑っていた。あの出来事は、成実の記憶にもあるはずだ。

　無力な自分を、情けなく感じた。あのとき、凌大を上手にあやせていたら、うまく対処できていれば、少しは力になれたかもしれないのに。

　通話を終えてから、罪滅ぼしのような気持ちで、インターネットで凌大用におもちゃを買って送った。型はめ遊びや組み立て遊びもできるようになっているという消防車のおもちゃだ。熱中して遊んでくれればいいけれど、飽きっぽい性格だと話していたし、そううまくはいかない気もする。

　子どもが好きかと原谷さんに訊ねられたとき、うん、好き、とすぐに答えられた。だけど、それだけだった。好きなだけ。育てることはできないし、責任を持つこともできない。大好きな甥っ子の面倒すら見られない。

　原谷さんはあれから「meets」で誰かと知り合っただろうか。その人と子どもを会わせたりしただろうか。

　自分が子どもを持つという選択肢が、あの日、ほんの少しだけ近づいていた。でも一瞬だった。断りの返事をしてからは、当然かもしれないが、何も連絡がない。

　今さっき記入した問診票の中には、「妊娠されていますか？」という問いがあった。「はい」「いいえ」「可能性がある」という三つの回答のうち、「いいえ」に丸をつけた。

一瞬、コンドームを慣れた手つきでつけていたユウくんを思い、胸が苦しくなる。

わたしは子どもを産むのだろうか。

ずっと、結婚して子どもを産む人生を、当たり前のように考えていたが、まったくそうではないのだと、三十代になってやっと気づく。結婚も出産も、誰かから与えられるものじゃないし、自分一人だけで決められるものでもない。

相手が見つかるのかという不安ばかり大きくなっていたが、数日前からは、肉体的な不安もそこにくわわっている。ネットで調べるたびに、思っているよりもずっと、婦人科系の病気は多く、なってしまう確率も高いのだと示され、ただおびえることしかできない。自分の健康についても、疑いを持っていなかったが、無知だっただけだ。

そもそも、当たり前だと思っていたことが簡単に揺らぐというのを、この二週間ほどで突きつけられている。先月中国で発見された、新型のウイルス、通称タイロン。今では世界中で、タイロンによる感染症の感染者数が増えつづけている。有効なワクチンや治療法も見つかっていない。

東京都内でも、毎日二百人ほどの感染者が確認されていて、中には命を落とした人もいる。

不要な外出や公共交通機関の使用は控えるようにと、あらゆるニュースで伝えられている。休みになっている施設も多く、凌大の通う保育園の休園も、それが理由だった。社員に対して在宅勤務を命じる会社も増えてきた。わたしの会社も、十日ほど前から、出社は隔日となっている。

「田島さん、お待たせしました。診察室にどうぞ」

名前を呼ばれ、立ち上がった。緊張が強まる。

赤、黄色、水色、紫、黄緑。

いろとりどりの宝石を、入れ替え、同じ色のものを三つ揃えて消していく。一度に四つか五つ揃えることができれば、大量に消すことのできるアイテムが手に入る。

単純なゲームだが、この数日、はまり込んでいる。クリアしたステージが増えれば、もらえたコインでアイテムを購入でき、猫の毛色を変えたり、猫にアクセサリーをつけたり、猫の住む部屋を改装したりすることもできる。既にかなりのステージをクリアしていて、最初はフローリングがあるだけだった猫の住む部屋に、たくさんの家具やキャットタワーが並んでいる。

なかなかクリアできないステージにさしかかっている。ライフは使い果たしてしまった。時間が経てば回復し、またプレイできるのだが、それが待てなくなる。

プレイする中で、ジェムと呼ばれるアイテムも入手でき、それを使うことで、ライフの回復が可能になる。ただ、ジェムはなかなかもらえないので、どんどん使っていると、すぐに足りなくなる。ジェムに関しては、プレイ以外にも入手方法がある。課金だ。

初回半額、という言葉に惹かれたのもあって、ゲームを始めた日の夜に、一度だけ課金した。数百円だったのだが、ボタンを押せばすぐに決済完了となり、お金を遣ったという感覚すら生まれなかった。

以前聞いた、萌の彼氏の話を思い出した。いや、別れたのだから、元彼氏、だ。多分、感覚なんて持たないまま、操作を続けたのだろう。思い出したのもあって、それ以上は課金せずに済んでいる。

スマホを置いて座り直したときに、液体が、股間を流れ出たのがわかる。生理だ。

生理が半月以上遅れたことで、心配になってレディースクリニックで診察までしてもらったが、診察から一週間ほど経った昨日、何事もなかったかのように、おとずれたのだった。

普段生理は、厄介なものでしかないが、昨夜の安堵感は大きかった。内診でも特に異常はないと言われていたが、いまひとつ信じきれず、不安だったのだ。そのうち来ると思いますよー、と言う医師の口調も、過剰に暢気《のんき》なものに感じられていた。

他の内臓にしても同じことだが、子宮をはじめとする生殖器に関して、自分の身体の器官の一つでありながら、無知だ。毎月、いや、毎日、何が起こっているのかを、まったく理解できていない。

わたしは子どもを産むのだろうか。

レディースクリニックの待合室で思ったことを、また思う。

再来月、三十一歳になる。中学生や高校生のときに、漠然とイメージしていた、「大人になった自分」の隣には、夫や子どもが存在していた。二十代のうちに結婚して出産するものだと、まるで既に決まったことのように考えていた。

壁に掛けている時計で、時刻を確認する。夜九時になるところだ。夕食はまだだが、お腹はあまりすいていない。ちょこちょこお菓子を食べたせいだ。夕方に少し眠ったので、眠気もない。

タイロンの感染拡大によって、うちの会社も、最初は隔日出勤とされていたが、少ししてから、基本は在宅勤務という方針に切り替わった。在宅でも仕事は可能なのかと驚いたが、やはりできることには限界があり、棚上げされている部分も多い。

根本となる、商品を生産する、海外工場の休みや、原料不足などもあって、工場部門がきちんと稼働されていない状態だ。今のところは業績には問題がないが、近いうちには、明らかに減少した数字データとなってあがってくるだろう。

ほぼ放置状態にあった、歳の近い一部社員とのLINEグループで、数日前にやりとりがあった。数年ぶりのものだった。早期退職募ることになるのかもね、という話も出ていたが、それが事実かはわからない。次の出社日は明後日《あさって》で、全体朝礼もあると知らされているが、そこで何か話が出てくるのだろうか。

さすがに、いきなりクビだと言い渡されるような状況はありえないと思うが、給料カットくらいなら充分にありえそうだ。今まで転職を本気で考えたことはなかった。小さな不満ならいくつも即座に浮かぶが、こんなものだろうとも思っていたし、萌のように、他にやりたい仕事があるというわけでもない。また、他で通用するスキルを身につけているわけでもない。

　成実を思い、その差を意識する。姉妹で年収について話したことはないが、薬剤師という職業柄、わたしよりもずっと稼ぎが多いであろうことは、容易に想像がつく。成実一人で購入したわけではないとはいえ、わたしにはあのマンションを買うことは、とうていできない。

　淩大の保育園は、無事にまた再開したらしいが、もしも園児や園児家族、職員に感染者が出た場合は、十日ほど休園になってしまうらしい。毎日緊張してるよ、という内容のメッセージが成実から来ていた。久しぶりに淩大に会いたいのだが、まだそんなふうに言い出せる雰囲気でもない。

　テレビをつけようとしたが、この時間だとやっているのは、ドラマか、タイロンに関するニュースばかりだろうと思ってやめる。日々の感染者数は、相変わらず細かく増減している。大根おろしが予防になるという報道が出て、しばらく大根が品切れになっていたこともあったが、結局は根拠のない嘘のようだった。

パズルゲームを起動させようとして、スマホを手に取る。側面にある電源ボタンを押してしまい、明るくなっていた画面が、またすぐに暗くなる。

画面に映っている自分と、目が合う。ひどく疲れた顔をしていた。

スマホを置いて立ち上がり、ベッド下の収納から、メイク道具と一緒に入れている、大きめの折りたたみミラーを取り出した。映っていたのは、やはり、疲れた顔をしている女だった。すっぴんの顔は、小鼻や頬あたりの毛穴が特に目立つ。眉毛も余計な部分から生えてきている。あごの赤い小さなできもの。目の下のうっすらとしたクマ。

美人だよね、と言われたことは何度もある。正確に比べたわけではないが、平均よりも多いのではないかとも思う。でも今ミラーに映る姿は、綺麗とは言いがたかった。

「若さだって美しさだってどんどん失われていくのに」

そう岡田さんは言っていた。若いから美しいってものでもない、と思ったし、他にショックを受ける部分が多かったので、あまりきちんと聞いていなかったが、残酷な事実だった。時間の流れによってだけではなく、怠惰によって、わたしは自分の美しさを失いかけている。

かつてわたしのことを好きだと言ってくれていた人たちは、今はどこで何をしているだろうか。告白されるのにも、ある程度慣れていた。恋人のいない期間について、深刻に悩んだことなんてなかった。

たったひとりでいい。たったひとり、ひとりと出会って、結婚をして、子どもを産みたい。でもそれは、なんて難しいことなのだろう。

今日、誰とも話していない。昨日も。一昨日も。コンビニで買い物をしたのはいつだっただろうか。あのとき、互いにマスクをしたまま、店員さんと必要最小限の会話をした。だけど、自分が何をしたとか、どういうことを思ったかとか、そんなふうなことを声にして話したわけではない。

「meets」もこの数日、まるで動きがない。もう「いいね！」をつけてもらうこともなくなってしまった。みんな、アプリどころではないのかもしれない。今は人と会うことは避けなければいけない状況だし。ためしにログインしてみれば、もしかしたら変わるのかもしれないが、たった少しの動作が、やけに面倒に感じられる。

このまま時間だけが流れたのなら、どうなっていくのだろう。友だちにも、凌大にも会えずに、一人ぼっちで、ここで。

また、血が流れる感覚。ナプキンを交換しなくては。

折りたたみミラーを片手に持って、立ちつくしているわたしは、滑稽な姿だろう。何やってんの、と誰かに笑ってほしかった。笑ってくれる誰かが欲しかった。泣いてしまいたかったが、涙は出ない。泣くほどの理由もない。ただ一人ぼっちだ。

11. ここはまだ

ひどく懐かしい声だった。

なんで、このタイミングなんだろう。

最初にそう思った。それから、いろんな感情や疑問が押し寄せてきた。

「大丈夫だけど。どうしたの？」

わたしは言った。

「すごいことになってるよね、世の中。それで、どうしてるかな、って思って」

理由になっているような、なっていないような答えだった。

「感染はしてないよ、おかげさまで」

そう言ってから、付け足す。

「陽一は、元気？」

口にしてから、呼び捨てにするのもおかしいかもしれない、と思った。もうわたしたちは、恋人ではないのだから。かといって別の呼び名にするのも不自然だし、口にしてしまったのだから、どうしようもなかった。

「こちらも感染はしてないよ、おかげさまで」

小さく笑う様子に、懐かしい、とまた思う。

「ごめん、迷惑だったかな」

「そんなこともないけど」

どちらかというと、迷惑どころか、嬉しいことだった。人と話す機会が、以前とは比べものにならないほど減っている。

「今、家?」

「うん。部屋」

テレビ電話ではないのに、座ったまま、少しだけ姿勢を直した。

「家?」

同じ質問を返すと、家、と短い返事が来る。

今も同じ家に住んでいるのだろうか、と思う。わたしたちの別れのきっかけとなった部屋。わたしが一度として見ることのなかった部屋。確かめたい気もしたが、聞かないことにしておく。

「ごめん、本当にいきなり。彼氏に怒られるかな」

「いないよ」

すぐにそう答えてから、つけていたテレビを消す。今日のニュースもまた、タイロンについて一色だ。いつまでこの報道が続くのか、キャスターだってわからないだろう。

「そっか」

陽一はそう言うと、黙った。

「陽一はどうなの？」

「いや、おれはもう全然」

続くかと思ったが、そこで終わりのようだった。誰かと話したかったんだろうな、と思う。少し前、その気持ちが高まって、久しぶりに「meets」を起動したわたしだって同じだ。

あの夜の感情は、冷凍保存したみたいに、しっかり残っている。このまま部屋でずっと一人ぼっちで過ごして歳をとっていくのかもしれない、という予感と恐怖。もう誰とも会えないなんて、誰とも話せないなんて、絶対にいやだった。

誰かと出会いたかった。話の合う、あらゆることを共有できる誰かと。

「あのさ、よかったらなんだけど、今度会って話さない？」

「え？」

陽一の提案に、わたしは思わず声をあげた。

なんで、このタイミングなんだろう。

スマホ画面に表示された名前を見た瞬間と、声を聞いた瞬間にも思ったことだった。

数日後、浅沼《あさぬま》さんと会うことになっている。「meets」でやりとりしている相手で、まだ会ってはいないし、声を聴いてもいない。

陽一に似ている、と思ったのがきっかけだった。

プロフィール写真の一枚目が、とてもよく似ていたのだ。思わずイニシャルを確認してしまったくらい。二枚目と三枚目はそうでもなかったし、イニシャルも年齢も職業も異なっていたから、別人だとすぐにわかったが、しばらくそのまま画面を見つめてしまった。悩みつつ「いいね！」をこちらから押した。

「別れてからも、いろいろ考えてたんだ。不安な思いさせた部分もあるし、勝手だったな、って」

「そんなことないよ。わたしもだし」

察してほしがってばかりいたし、と心の中で付け足す。

「久しぶりに会って話せたら嬉しいなって思うんだけど、難しい？」

訊ねられ、わからない、と思う。陽一に会うことが、難しいのか、そうではないのか。

初めて来るこの公園は、成実の家の近くの公園と、同じくらいの広さだった。ブランコや滑り台、砂場など、置いてあるものも似ている。ここの公園の滑り台は、青い象の形をしていて、滑る部分はちょうど鼻になっている。

ただ、以前行った公園とは違い、人がいない。まったく。土曜日の午後なんて、子連れが多そうなものなのに。

こうして古いベンチにしばらく座っているが、誰も訪れる気配がない。待ち合わせ時刻は十五分ほど過ぎている。

本当にここで合っているのか、横に置いていたスマホをとり、アプリ内のメッセージを確かめ、マップを起動させる。間違いない。駅名も公園名も。

九月終わりの空気は、まだ暑さを少しだけ残しているが、日差しの強さも、夏とはやはり異なる。

通勤も含めて、外出の機会がぐっと減ったので、何を着ていいのか迷ってしまった。しかも場所が公園だ。薄手のベージュの七分袖ニットに、同じく薄手の、黒い長めのプリーツスカート。プリーツスカートは久しぶりに穿くもので、多少皺が気になったが、アイロンをかけるのが面倒で、そのまま身につけてきてしまった。

化粧も面倒になっていた。どうせマスクが汚れてしまうので、ファンデーションすらしていない。カバー力の高さをうたっている下地だけを塗った。アイブロウは普通に使っているが、アイシャドウもベージュのものを薄塗りだし、アイラインも少しガタガタとなってしまったが、直さなかった。

強く望んで会うことを選んだはずなのに、自分でも、自分の心理がよくわからない。だけど、会いたい、と思った気持ちは確かだった。岡田さんの件でアプリが怖くなっていたが、それを上回る強さで、誰かに会って話したい、と思ったのだ。このまま一人なんていやだ、という思いで、久しぶりにアプリを操作した。でもあれが瞬間最大風速だったのかもしれない。

スマホを確認する。通知は何もない。

ふと、もう来ないのかもしれない、と思った。

わたし以上に、面倒になったという可能性もあるし、タイロンに感染して具合が悪くなったという可能性もある。どんな可能性だってありうる。わたしが思いつかない状況だって、星の数ほどあるだろう。

あと十分待っても来なかったら、散歩して帰ろう、とひっそりと決意したところで、公園のすぐ横の道を通る、自転車に乗った男性が視界に入った。あ、と思うと、自転車を降り、そのまま押してこちらまで近づいてくる。自転車は白で、メーカー名らしきアルファベットのロゴが入っている。

「あの、田島さんですか」

肩で息をしながら、そんなふうに言う。マスク姿が苦しそうに見える。

「はい」

わたしは答えた。

「よかった。ほんっとごめんなさい」

頭を下げる。

「大丈夫です」

紺の無地のTシャツに、薄いベージュのハーフパンツ。足元は素足にサンダルだ。カジュアル。夏。

「ごめんなさい、遅れた上に申し訳ないんだけど、飲み物、買ってきてもいい？」

「大丈夫です」

さっきと同じ言葉を返すと、浅沼さんは、自転車を植込みの近くに停めて、そのまま歩いていった。おそらくコンビニか自動販売機まで。

似ていなかったな、と思う。それが最初の感想だった。

マスクを外したら、顔の印象は変わるかもしれないが、似るということは、きっとない。それを嬉しいとも残念とも思わなかった。ただ、似ていないんだな、という、それだけ。

女性と男の子がやってくる。女性だけマスクをつけている。目が合い、会釈《えしゃく》されたので、同じように返す。ぶらんこするー、と男の子が言う。はいはい、と女性が言う。おそらく親子なのだろう。男の子が一人でブランコに腰かけ、女性がそれを押しはじめる。

凌大よりは大きいし、言葉も鮮明だった。三歳くらいだろうか。

けれど凌大も、会えずにいる二ヶ月近くのあいだに、かなり成長しているだろう。成実とは最近はあまりLINEをしていない。体調はどうなのだろうか。

「お待たせしました」

振り向くと、ペットボトルを二本持った浅沼さんが立っていた。

「これ、よかったら」

緑茶のペットボトルを置いてくれる。もう一本、彼が持っているのは、スポーツドリンクで、そちらは既に口をつけているようだった。中身が減っている。

「ありがとう」

ありがとうございます、と言うべきか少し迷って、砕けたほうを選んだ。

「別の公園に行っちゃってました」

隣に座った浅沼さんが言う。隣といっても、ベンチの端と端なので、人ひとりくらいなら余裕で座れそうなスペースがあいている。

「え、どこ？」

「ここから自転車で十分くらいかな。なぜかマップにマークする時点で間違えちゃってたみたいで。少し待って、来ないから、あれ、と思って、やりとり読み返したら気づいて。ほんとすみません」

まだやる？　と女性が訊ね、まだー、と男の子が答える。そこそこ高い位置までいっているが、自分でこぐことはできないようだ。

しばらく続けていたが、突然、おーしーまーい、と歌うような調子で男の子が言う。女性が持ち手の鎖をおさえるようにして、ブランコをゆっくりととめる。まだとまりきっていないブランコから、男の子が勢いよく降りて、すべりだい！　と言って走り出す。女性が、走らないの、と言って後につづく。

成実と凌大のことを、また思い出す。会いたかった。

もらったペットボトルのお茶を飲む。よく冷えている。初めて会う人と、知らない公園にいるこの状況が、今さら奇妙なものに感じられる。

「自転車、普段からよく乗ってるの？」

わたしは訊ねた。

「うん、結構好きで」

浅沼さんはそう言うと、スポーツドリンクを飲んだ。一瞬マスクを外した顔が見える。口が大きめだ。

滑り台を繰り返す男の子を見つめる。反対からのぼろうとして、女性に注意されたりしている。

公園で会おうという提案は、浅沼さんからのものだった。

公園？　と思ったが、なんだか楽しそうにも感じられて、快諾した。何よりも、メッセージではなく、直接話したかった。人と声を出して話をしたかった。

お互いの家の真ん中あたりにしよう、ということになったのだが、調べると真ん中は、二人ともが行きづらいエリアだった。結局、浅沼さんは自転車で、わたしも電車で乗り換えはなく行ける駅があるということがわかり、ここを選んだのだった。わたしの家のほうにずっと近いので、大変ではないかと思ったのだが、どうやら本当に、自転車移動には慣れているみたいだ。

「みてみてー」

男の子が、滑り台の上から、女性に言う。まるっきり凌大と同じなので、笑ってしまいそうになる。みてるよ、と女性は言う。それも成実と同じだ。

「子どもって、滑り台好きだよね」

わたしはそう言った。浅沼さんは、そうかも、とだけ言った。男の子がまた階段へと小走りで向かう。

どうやら浅沼さんは、そんなに口数が多いタイプではないようだった。メッセージではいろいろと書いていたので、少し意外だ。

浅沼孝弥《たかや》。今年三十歳になったばかりで、わたしよりも一つ下。姉が一人。大学進学を機に上京し、以来、東京で一人暮らし。電機メーカーの企画部門に勤務。最近は週に半分くらいは在宅勤務している。百七十二センチ。お酒は少し飲み、タバコは吸わない（数年前に禁煙）。中高時代はずっとバスケ部に所属していた。今は運動はしていないが、自転車にはよく乗っている。

プロフィールページに書いてあった情報や、メッセージのやりとりを通して、わたしが彼に関して知ったことだ。

「近所の公園に行ったりとか、する？」

わたしは訊ねた。

「いやー、全然」

「今日、公園って提案してくれたから、てっきり公園好きだったりするのかと思って」

「ああ、それは、たまたまテレビでやってて。運動不足になりがちなので、公園に散歩に行ったりするのもいいですよ、って」

「ああ、確かに、運動不足になるよね」

「なるね」

屋内にくらべると、屋外でのタイロンの感染リスクというのはずっと低いと報告されている。もちろんお互いにマスクをした上でという条件は前提だ。こうして多くのことを気にしながら暮らす状況は、まだ終わりが見えない。

何をどれだけ気にして、気をつければいいのかわからず、我慢しなければいけないストレスがたまる一方で、無意識に自分が気にしていることもあるのだと、気づかされる出来事があった。

浅沼さんとやりとりするのと同時並行で、もう一人の男性ともやりとりをしていた。「いいね！」をくれたのは向こうからで、つけ返すと、すぐにメッセージが来たので、それにも返信した。

やけに明るい感じの人で、やりとりしている中で楽しさもあったし、積極的に会うことを提案してくれていたから、そのうちに会ってもいいかな、と思っていたのだが、ある日のメッセージの文章で、目を疑った。

《今日、微熱あって、微妙に頭も痛かったんだけど、どうしても出社しなきゃいけなかったんだよね。これで俺がタイロンかかってたらテロリストだな、とか電車の中で思った笑。》

それまでのやりとりでも彼は、ここまでやるの過剰すぎ、とか、インフルエンザとかもあったじゃん、とか、政府や自治体のタイロン対策への批判めいたことを書いてもいた。ただ、どの程度本気なのかも、文面だけでは伝わってこなかったので、そこまでは気にならなかった。けれど、自分が感染しているかもしれないことや、それをうつしてしまうかもしれないことについて、そんなにも楽観視できる状態は、どうしても許せなかった。ましてや、テロリストという表現も。まったく笑えず、メッセージも返さなくなった。

一方で、彼と近い価値観の女性だってきっといるのだろうな、と思う。いちいち言葉にして確かめていないだけで、誰がどんな価値観を持っているのかなんて、わからない。たとえば萌がそういうふうに思っている可能性だって、ゼロじゃない。

萌の勧める店舗は、一時期は休業していたが、今は時間を短縮して営業しているのだという。二日前にやりとりしていたLINEで、そんなふうに書いていた。会いたいね、と言い合うわたしたちが、次にいつ会えるのかは、まだわからない。こんなふうに短時間だけ、公園で会うのなら許される気がするが、それだってあくまでもわたしの価値観で、萌に提案したなら、猛反対されてしまうかもしれない。

「はい、もう次でおしまいね。すぐ帰るって言ったでしょう」

女性が男の子に言っていた。

「いやだー、まだー」

男の子が滑り台の上から答える。

「帰ろう。帰ったらおやつあげるから」

「おやつ、なあに？」

男の子の変わり身の早さに、わたしも浅沼さんも、同時に笑ってしまった。わたしたちが笑ったのに気づき、女性がこちらを向き、小さく頭を下げる。わたしたちも頭を下げた。滑り降りた男の子はまた、おやつなあにー？　と声を大きくする。二人が手をつないで歩いて帰っていくのを、そのまま視線だけで見送っていた。

「可愛かったね」

「おやつ、気になるね」

わたしたちは同時に言葉を発し、その違いにも、また笑う。わたしは言う。

「確かに気になる」

「あまりに気になるから、聞きたいくらいだった」

真顔でつぶやくので、笑ってしまった。浅沼さんも小さく笑うが、本当に気になっているようだ。

犬の散歩をしているおばあさんが、公園の中を突っ切るように歩いていく。通り過ぎるときに、こちらのことをちらりと見た。おばあさんも当然のようにマスクをしている。犬はトイプードルのようだった。耳には小さな黄色いリボン。

二人の大人の男女が、公園のベンチで離れて座っている姿は、あまり見かけないものかもしれない。

誰もいなくなったブランコを見つめる。もう揺れていない。

「仕事、土曜はいつも休み？」

わたしは質問した。

　もしも相手が話さなければ、自分から話せばいいのだ、と思う。多少疲れるかもしれないけれど、本当に疲れたなら、黙ってしまえばいい。簡単なことだった。こんなに簡単なのに、友さんと会ったときには、そう思えていなかった。

「あ、実は、仕事の話なんだけど、会ってから話したいなと思ってたことがあって」

　浅沼さんが、急にかしこまった雰囲気になるので、聞くこちら側も緊張してしまう。姿勢を正した。

「仕事、辞めたんだ。今は有休消化期間で」

「えっ、いつ？」

　咄嗟にそう訊ねていた。どのくらいの期間、どんなふうに働いているかも知らないのに、と自分の発した言葉を聞きながら思った。

　マスクをとり、もらったお茶を飲んだ。冷えていておいしい。またマスクを戻し、答えを待つ。

「辞めるって上司に話したのは、もう結構前で。ただやっぱり、すぐには辞められないから、この時期でって調整してたんだけど、タイロンで大変なことになってるし、なんだかてんやわんやにさせてて申し訳ないよ。とはいえ、仕方ないんだけど。だからプロフィールも厳密には違ってて。ただ、今も会社に在籍している状態ではあるんだけど」

「そうなんだ。転職するの？」

「あー、転職っていっても、まるで違う業界なんだけど」

浅沼さんが上を向いたので、わたしもつい、同じようにした。少しだけ雲をちりばめたような青空が広がっている。

「俺、店やる予定なんだ。コーヒーショップ」

「えっ」

驚きの声が出て、何か質問しようとしたが、すぐには続かなかった。違う業界、とはいっても、そこまで異なるものを想像していなかった。

「自分のお店？」

やっと浮かんだ質問は、なんだか子どもじみたものになった。

「そう。物件はもう契約してて、審査もおりたんだけど、それもタイロンの影響で、内装工事が進まなかったりして、いやになるよ。焦っても仕方ないかー、って言い聞かせてる。別に誰が悪いわけでもないし」

「すごい決断だね」

わたしは言った。浅沼さんの歩んできた人生はわからないけれど、メッセージで教えてくれた、勤務先の社名は、大手メーカーのものだった。おそらく多くの人が知っている。その安定した生活から、自分でお店を経営する、なんて。

「自分でも思いきったなあって。なんか、他人事みたいだけど」

そう言って浅沼さんは笑った。大変さなんて全然感じさせない笑い方で。

やっぱり陽一とは違う笑い方だ、と思う。

もしも今日、浅沼さんと会って、いやな思いをすることがあったとしても、それを陽一に会う理由にするのはやめよう、という決意を抱いて、ここにやってきた。

陽一の誘いを受けるかどうか悩んでいるのは本当だ。ものすごく。あの頃よりも年齢を重ねた今なら、もっとうまくできる部分もあるかもしれないし、いい関係を築いていけるのかもしれない、とも想像してもいる。

「なんで、お店やろうと思ったの？」

わたしの質問に、浅沼さんは軽く頷き、それから口を開く。マスクの下だから見えないけれど。

「長くなるかもしれないけど、いい？」

「うん」

「もし聞くのイヤになったら、いつでも言って。話の途中で、思いきりさえぎってくれていいから」

「わかった」

浅沼さんが笑いながらそう言ったので、わたしも小さく笑いながら答えた。

「昔からコーヒーが好きで、大学生くらいのときから、豆を買って飲み比べするとか、結構やってたんだよね」

「へー、おしゃれだね」

「おしゃれっていうか、ほんと、単に好きだからってだけだけどね。でもずっと、仕事につなげるような気持ちはなくて、趣味の範疇《はんちゅう》っていうか。社会人になってからも、休みの日には、開催されるセミナーを見つけて行ったりしてて」

「セミナー？」

「コーヒーのおいしい淹れ方とか、そういうの。探すと、結構いろんなところで、ちょこちょこやってるんだよね」

　コーヒーはどちらかといえば好きだけれど、そんなイベントについては考えたこともなかった。

　もちろんわたしにだって好きだったものはたくさんある。けれど、いつだって、そんな行動力はわたしにはなかった気がする。あくまでも、簡単に手に入る範囲のものを受け取るばかりで、自分から探しに行ったりはしていなかった。

「そうなんだ」

「うん。で、そういうところに行ってるうちに、コーヒーにかかわる仕事をしている知り合いなんかも増えたんだけど、そういう人から話を聞いたり、いろいろ参加してるうちに、問題点も見えてきて」

「問題点？」

「フェアトレードって知ってる？」

「聞いたことはあるけど」

正直に答えた。知ってる、と言えるほどではない。

「ざっくり言うと、発展途上国で作られた物を安すぎる価格で買うことで、生産者が苦しくなるのを防ぐために、最低価格を保証して、彼らの労働環境や生活をしっかり守りましょう、みたいな制度かな」

「そういうことなんだね」

「ただ、いいことではあるんだけど、それはそれで問題があるんだよね」

「問題？」

「それもざっくり言うと、買い取り価格を高くすることで、今度は別の部分にしわ寄せがいくってこと。たとえば小売店やカフェに。単純に、コストがかかっちゃうわけだから、販売価格も上がって、売れにくくなったり」

「そうだよね」

「そういうのに興味が出て、貿易のこととか、流通のこととか、いろいろ調べてるうちに、よし、俺も店やってみようかな、って」

「え、そんな発想になる？」

「なったんだよねー。自分でも驚いたことに」

浅沼さんは笑い、また話しはじめる。

「わかんないんだ、正直、自分でも。ただ進んでいったら、想像もしなかった場所に出た、って感じ。山を目指してたはずが、あれ、ここ、海じゃん、って。いろんな道を通ってきたから、どこが海ルートだったのか、いまだに謎」

「すごいね、それ」

わたしは言った。自分の語彙力のなさがイヤになるけれど、本当にそう感じたのだ。

自分にはそんな経験はないな、と、セミナーの話を聞いたときのようにまた思う。もちろん、自分の希望どおりにいかなかったことや、想定外の出来事が起こったことは何度となくある。結婚も育児もしていない現状だって、中高生の頃の自分からは、想像もしなかった場所だろうとは思う。ただ、どれも、自分で進んできたという感覚はほぼない。動く歩道に乗っていたような感覚だ。自分は動いているつもりなんてなくて、周囲だけが変わっていく。

「もちろん、そんなにすぐじゃなかったけどね。やりたいなって思ってからも、店のやり方なんてわからないし、かなり勉強したり、話聞いたりするうちに、ああ、やっぱり無理かー、って何回も挫折しかけてたし」

「そうだよね、大変だよね」

店を開こうなんて思ったことも、もちろんない。ただ、やらなくてはいけない行程が、多くあるだろうことくらいは、容易にわかる。

「大変大変。絶対勧めないもん。しかもここで、タイロンだし。本当はアプリやってる場合じゃないのかもしれないけどね。誰かと話したくなって」

あえてそういう言い方をしているだけかもしれないが、それでも、きちんと明るく話せている前向きさがまぶしかった。

「お店、できたら行きたいな」

わたしは言った。一体どんなお店なんだろう。そこで飲むコーヒーは、どんな味がするのだろう。

「え、すごく嬉しい。ぜひ来てほしい」

「うん」

嬉しそうに言ってくれるのが、わたしも嬉しかった。

陽一のほうが、わたしよりもコーヒー好きだったな、とふと思う。

「平均寿命まで生きるって考えたら、俺、折り返し地点ですらないんだよな、って。まだ先は長いから、ちゃんと好きなことと向き合おうって考えられたんだ。甘いかもしれないけどね。まあ、失敗したら失敗したで、また考えるつもりではいるけど」

浅沼さんは、楽しそうに言った。

ちゃんと好きなことと向き合う。

そうか、まだ先は長いのだ。わたしだって。

「ごめん、俺の話ばっかりで」

「ううん、聞きたいから」

わたしは言った。本当だった。浅沼さんの話は、とても興味深かった。

「田島さんは、なにか好きなものある？」

訊ねられ、わたしは一瞬悩む。好きなもの……。そして答えた。

「甥っ子かな。今、二歳なんだけど」

空が青い。ここはまだ折り返し地点じゃないのだ、と思う。多分。

帰ったら、陽一にLINEを送ろうと決める。

「ごめんね、会うのはやめておく」

きっと、了解、という短い返信が来るだろう。

エピローグ

テーブルの上のスマホが鳴った。LINEだ。成実だった。来週末のどちらかで会えそうならと相談していたが、日曜でよければ、ということだった。どちらも空いているので、ありがたい。先月も会ったが、凌大にまた会いたかった。急いで返事を打ち、喜んで踊っているパンダのスタンプを送る。

スマホを戻してから、置いていた問題集を開いて、次の問題文に目を落とす。

【次の文は、子どもの言葉の発達に関わる様子を記したものである。A～Dを発達の順に並べた場合の正しい組み合わせを一つ選びなさい。】

書かれているのは指さしの場面だ。赤ちゃんの指さしは四種類。応答が最後。ほぼ迷うことなく答えを選び、横に置いたノートに記入する。

ひととおり答えを埋めたところで、巻末の解答を確認する。思ったよりは合っていたが、間違えている部分もある。

やっぱり「保育の心理学」は、行動選択よりも、心理学者の名前や、その学説を記憶するのがネックになりそうだ。表に人名、裏に学説を書いた単語帳でも作ってみようか。単語帳なんて、今、売ってるんだろうか。最後に使ったのはいつだっけ。

「はあー」

大きめの声を出し、座ったままで両腕を上に伸ばした。首を動かす。

マグカップの中の、ルイボスティーを飲み干す。おかわりを淹れようかと思って立ち上がってから、やはり、あれにしようと思う。

数歩の台所へと向かう。エアコンの風が届かないので、夏は暑く、冬は寒い場所。ケトルに水を入れて、火にかける。

土曜の午前中に起きて、勉強している自分を、数ヶ月前は想像していなかったな、とまた思う。

四月にはまず筆記試験がある。九科目。すべて合格する必要があるし、もちろん一度にすべて合格できるのが理想だが、いくつかは落としてしまうかもしれない、とも思っている。その場合でも、合格した科目は三年間は免除になるので、他の落としたものに集中して取り組めばいいのだが、実技試験を考えると、さほど時間に猶予《ゆうよ》はない。

実技試験は、音楽、造形、言語、のうち二つを選んで発表する必要がある。小学生のときに数年間習っていたピアノは、まったくといっていいほど身についていないので、造形と言語を選ぶつもりだが、絵を描くのも、お話をするのも、まったく自信はない。

筆記試験が通りそうなら、実技試験のみの通信講座を受けようかなとも考えているが、何にしても、まずは筆記試験。あと四ヶ月。

保育士試験を受けることは、まだ成実と萌にしか話していない。

きっかけとなった浅沼さんには、LINEではなくて、直接会ったときに話すつもりでいる。明後日、一緒にタイ料理を食べる予定だ。

開店のための準備で浅沼さんが忙しかったのと、せっかく声をかけてくれた日に、わたしに萌と会う予定があったりして、初めて会ってから、だいぶ間があいてしまった。久しぶりに会えるのが楽しみだけれど、たとえばユウくんと会うときのような浮かれる気持ちとはまた違う。楽しいといいな、と、穏やかに思えているのが、自分でも不思議だ。もしもうまくいかなかったとしても、今ならなんとなく、すんなりと受け入れられる気がしている。

浅沼さんへの思いが、まだどのくらいのものなのか自分でも決めかねているというのもあるけれど、それよりも、保育士試験の存在が大きいからに違いなかった。

今は誰かと会うよりも、勉強に集中していたいと思っているので、「meets」も、たまにログインはしているが、あまりしっかりは見ていない。

まだ先は長いから、ちゃんと好きなことと向き合おうって考えられたんだ。

浅沼さんと初めて会ったあと、言葉はわたしの胸に強く残っていて、生活の中でたびたび不意に浮かんだ。そしてこの間、凌大とのテレビ通話を終えたあとで（もっとも、凌大は全然話してくれないというか、画面の前にいてくれなかったけれど）、決意したのだ。

凌大を預けられるくらい、頼ってもらえるようになりたい。子どもの成長をきちんと見守れる立場でありたい。

保育園という存在の大きさをしっかりと感じたのは、泣いた成実の姿を目にしたときだ。きっと成実のような親がたくさんいるのだと思った。タイロン関連のニュースで、保育施設や学校について取り上げられるたび、自分の無力さに苦しくなった。

通話を終えたあとで、わたしが保育士になることだってできるのかもしれない、と思った。

成実がいなければ、凌大がいなければ、浅沼さんがいなければ、思いつくはずのないことだった。

もちろん、未来はまだ何もわからない。まずは試験だ。それに、会社だって本当に辞めるとなれば、さまざまな準備が必要だ。タイロンによって一部の業務は縮小されているが、今のところ、退職者が出たという話は聞いていない。

保育士の労働環境があまり良くないという話も聞くし、求人情報を目にしていても、確かにそうだと感じる。頑張って資格をとって転職しても、給料が下がってしまう可能性も大いにある。それに、タイロンの感染拡大だって、どうなっていくか、何も、誰にもわからないのだ。

でも今、わからないながら、保育士の勉強をしている時間を、楽しく受け止められている。

あのとき逃げなくてよかったのだ、と、少なくとも今は思えている。

陽一には訊ねられなかったが、陽一と会うことは、逃避だと気づいたのだ。過去への逃避。

たとえ引っ越しの話がなかったとしても、わたしたちのそこかしこに綻びは生じていた。わたしがたびたび陽一を思い出していたのは、彼自身というより、恋人がいた頃の幸福な記憶に思いを馳せていただけなのだ。そう考えると、すとんと腑に落ちた。

これからは、知らない場所に行きたい。たとえそれが、山であっても、海であっても、ジャングルであっても。わたしはきっと、少しずつ進んでいける気がする。

ケトルが軽く音を立てはじめたので、すぐに火を消した。あまり沸騰させないほうがいいらしい。

まずは、用意しておいたマグカップにお湯を入れ、それを流す。カップを温めるためだ。

スプーンでコーヒー粉を入れ、お湯を注いでから、そのスプーンで優しく混ぜる。いい香りが広がっていく。

　部屋に戻り、淹れたばかりのコーヒーを飲む。マグカップの持ち手も、コーヒーも、少し熱く感じる。けれどおいしい。落ち着く。

　インスタントコーヒーは、浅沼さんに勧めてもらったものだ。公園で会った際に、ミルは持っていないけれど、もしもお勧めのものがあったら聞きたいと話すと、すぐに教えてくれた。帰宅後に、似てるのがあるから買うときに気をつけてね、と、商品写真付きのLINEもくれた。そうして買って手に入れたコーヒーは、確かにおいしく感じる。

　ラオスで作られたコーヒーらしい。まったく知らない、行ったことのないその場所が、コーヒーを飲むことで、少し近いものとなる気がする。まだ、行ったことのない場所ばかりが存在している。見知らぬ土地を思い浮かべてみる。

　さっき閉じた問題集に、視線を落とす。未来は何もわからない。でも、いい。


本書は電子雑誌yomyom vol. 62（２０２０年６月号）からvol. 67（２０２１年４月号）に連載された「手の中の未来」を改稿した文庫オリジナル作品です。

イラスト　pai
デザイン　川谷康久（川谷デザイン）

マッチング！

新潮文庫　か－95－1

令和五年五月一日発行

著者　加《か》藤《とう》千《ち》恵《え》

発行者　佐藤隆信

発行所　株式会社　新潮社

郵便番号　一六二―八七一一
東京都新宿区矢来町七一
電話　編集部(〇三)三二六六―五四四〇
　　　読者係(〇三)三二六六―五一一一
https://www.shinchosha.co.jp

価格はカバーに表示してあります。

乱丁・落丁本は、ご面倒ですが小社読者係宛ご送付ください。送料小社負担にてお取替えいたします。

印刷・錦明印刷株式会社　製本・錦明印刷株式会社

ISBN978-4-10-180263-3 C0193